강준현 장편 소설

FUSION FANTASTIC STORY

개척자

Pioneer

개척자 4

강준현 장편 소설

초판 1쇄 찍은 날 § 2015년 3월 13일
초판 1쇄 펴낸 날 § 2015년 3월 20일

지은이 § 강준현
펴낸이 § 서경석

편집부장 § 권태완
편집책임 § 박용서

펴낸곳 § 도서출판 청어람
등록번호 § 제387-1999-000006호
등록일자 § 1999. 5. 31
어람번호 § 제1-2078호

주소 § 경기도 부천시 원미구 부일로 483번길 40 서경B/D 3F (우) 420-822
전화 § 032-656-4452 팩스 § 032-656-4453
http://www.chungeoram.com
E-mail § chungeorambook@daum.net

ⓒ 강준현, 2015

ISBN 979-11-04-90160-7 04810
ISBN 979-11-04-90076-1 (세트)

강준현 장편 소설

FUSION FANTASTIC STORY

개척자

4

Pioneer

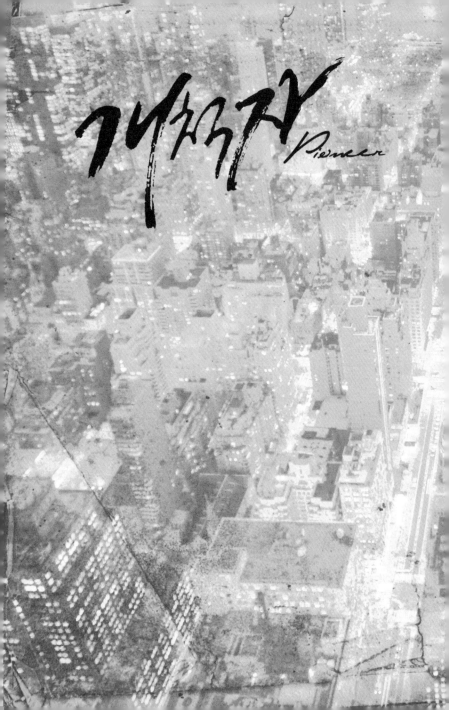

CONTENTS

제1장	Digital Drug Remedy	7
제2장	휘경동 돼지	33
제3장	특허를 팔다	59
제4장	테스트	87
제5장	악연의 끝과 시작	111
제6장	인연은 마음대로 되지 않는다	137
제7장	이상 증상	163
제8장	미완의 합성	187
제9장	실력	213
제10장	결단을 내리다	237
제11장	결혼식 전날 밤	281

Digital Drug Remedy

"응?"

사카모토는 자신의 팔목을 잡고 있는 준영의 손을 떨쳐 내려고 했다. 하지만 마치 콘크리트에 박힌 듯 움쩍달싹할 수가 없었다.

사카모토는 비로소 두 가지 이상한 점을 알아챘다.

두 번이나 찔렀는데 그의 손에는 피가 전혀 묻어 있지 않았고, 칼에 질린 준영의 얼굴은 어떤 고통도 느껴지지 않는지 무표정 그 자체였다.

순간 그의 육감이 미친 듯이 위험을 경고했다.

"이익! 악!"

발을 들어 로우 킥을 날렸지만 준영은 꿈쩍도 하지 않았고 오히려 자신의 다리가 부서질 듯한 고통만 받았다.

그때 준영의 입꼬리가 올라갔다.

사카모토는 근육의 움직임 없이 올라가는 그의 입꼬리에 마치 귀신을 본 듯 놀란 얼굴을 했다.

준영이 입을 열었다.

"드디어 잡았군, 사카모토."

소름이 쫙 돋았다.

"하압!"

두렵다고 그대로 당하고 있을 그가 아니었다. 사카모토는 왼손을 이용해 표정 없는 준영의 눈을 찔러갔다.

하지만 준영의 오른손이 먼저 그의 복부를 가격했다.

퍼억!

"……!"

단 한 방에 온몸의 힘이 다 빠졌다. 먹은 것도 없는데 속에 있던 것이 모두 올라오려고 했다. 하지만 토할 시간은 없었다.

뒷덜미에 가해지는 강한 충격과 함께 그는 정신을 잃었다.

*　　　*　　　*

웅성거리는 대화 소리에 사카모토는 정신을 차렸다. 기회를 노려볼까 싶어 몸을 살짝 움직여 보려 했지만 무언가에 손발이 묶여 있어 움직일 수가 없었다.

"어, 깼나 보다."

잊을 수 없는 목소리.

아지트가 박살 날 때 쪽방에 숨어서 들었던 청년의 목소리였다.

"그냥 없애 버리지 왜 데리고 왔어? 꼴도 보기 싫으니까 갖다 버려."

다른 사내의 목소리. 한데 그의 목소리엔 짜증과 분노가 가득했다.

"상자에 넣어서 데리고 왔으니 걱정 마."

"그 말이 아니잖아. 빌어먹을 자식이 남의 가족은 왜 들먹거려. 아주 내가 죽여 버리겠어!"

사카모토는 움직일 수가 없었기에 사내가 다가오는 걸 기다릴 수밖에 없었다.

식식거리며 다가온 사내는 준영이었다.

"뭘 야려?"

새우처럼 누워 있던 사카모토는 준영의 얼굴을 확인하기 위해서 눈을 흘겨볼 수밖에 없었다.

한국말이었지만 알고 있는 단어였다.

'흘겨본 게 아니⋯⋯!!'

입에 재갈이 물려 있었기에 대답조차 할 수 없었다.

퍽! 퍽! 퍽!

무지막지한 발길질이 이어졌다.

사카모토는 많은 사람들을 때려봤기에 준영의 발길질이 인정사정 봐주고 때리는 것이 아님을 단박에 알 수 있었다.

일반인이라면 사람을 향해 절대로 할 수 없는 발길질이었다.

"그만해! 굳이 네 손을 더럽힐 이유는 없어."

여자의 목소리가 그를 살렸다.

사카모토는 질끈 감고 있던 눈을 떴다.

늘씬한 다리의 여성이 준영을 잡고 있었다.

"휴~ 알았어요. 진정됐으니까 이제 놔도 돼요."

'놔주지 마! 저 새끼, 미친놈이야.'

사카모토는 자신을 바라보고 있는 준영의 눈빛을 보며 소리 쳤다.

깊이를 알 수 없는 어둠이 가득한 눈빛.

젊은 시절 도쿄 살인광이라고 불리던 자신의 두목이 간혹 보여주던 눈빛이었다.

아니, 그보다 더 깊었다.

하지만 여자에게 사카모토의 말이 들릴 리가 없었다.

여자가 놓아주자 준영이 다가왔다. 그리고 쭈그려 앉아 눈 높이를 맞췄다.

"너처럼 협박을 하고 싶지만 유치한 것 같으니 그만둘게. 어 차피 죽게 될 놈이니 두려움 따윈 없겠지?"

'저, 저리 가!'

사카모토는 죽음이 두렵진 않았다. 하지만 눈앞의 준영은 무서웠다. 아니, 눈빛이 무서웠다.

"뭘 두려워하는 거지? 끔찍하게 삶을 영위하게 만드는 방법 도 있지만 그건 다른 사람들에게 피해가 가는 방법이니 쓰지 않을 거야. 너처럼 일반인을 건드리는 것도 내 취향이 아니니 네놈들 가족들 걱정은 하지 마. 그러니 두려워하지 않아도 돼."

준영의 독백은 계속되었다.

"네놈 조직에 관한 얘기야. 조만간 너랑 똑같이 닮은 사람이 일본으로 들어갈 거야. 그리고 네가 두목이라고 부르는 자를 찾아가겠지. 다들 너라고 생각해서 아무런 방비도 하지 않을 거야. 그다음에 어떻게 될까? 상상해 봐. 뒷이야기가 궁금하지 않아?"

'무, 무슨 말을 하는 거지?'

사카모토는 입이 봉해진 자신에게 질문을 던지는 준영에게 욱욱거리는 소리로 의문을 표했다.

"전혀 모르겠다는 얼굴이군? 좋아, 상상력을 자극할 수 있게 해줄게. 축(丑: 소), 이리 와봐."

여러 가지 공구들이 즐비한 방에 세 사람 말고 다른 사람이 있었는지 뚜벅뚜벅 다가왔다.

한데 그가 다가올수록 사카모토의 눈은 점점 커졌다.

'어, 어떻게……?'

축(丑)이라 불린 사내는 완전히 자신과 똑같은 모습을 하고 있었다.

"이제 상상이 돼? 힌트를 하나 줄게. 아까 네가 찌른 사람이 저 사람이었어. 안 그래, 사카모토?"

"예, 준영 님. 제가 놈을 잡았습니다."

목소리마저 똑같았다.

사카모토의 머릿속은 잔뜩 헝클어졌다. 자신이 생각해 낼 수 있는 여러 가지 가설들을 대입해 보지만 이 순간을 설명할 길이 없었다.

하지만 조직에 자신의 얼굴을 한 축(丑)이 찾아가서 무얼 할지는 충분히 상상이 되었다.

'두목을 죽이고 그가 될 생각이군.'

사카모토는 더 이상 상상을 할 수 없었다.

준영이 일어나 가버리자 축(丑)이 다가와 그의 머리에 헤드셋을 씌웠다.

'뭘 하려는 거지?'

궁금했지만 수면제를 먹은 듯 갑자기 쏟아지는 잠에 사카모토는 눈을 감았다.

*　　　*　　　*

일본 하네다 공항 앞.

케이타로는 시계를 흘깃 보고는 기대고 있던 차의 보닛을 손가락으로 두들겼다.

공항 앞이라 많은 사람들이 오가며 그를 흘깃거리다 눈이 마주치면 고개를 돌리고 가버렸지만 일상다반사로 겪는 일이라 별다른 감흥을 주지는 못했다.

그때 양복을 입은 열두 명의 사내가 그가 있는 쪽으로 다가왔다.

케이타로는 맨 앞에 서 있는 사내를 향해 절도 있게 인사를 하며 말했다.

"사카모토 상, 고생하셨습니다."

"오랜만이군. 잘 지냈나?"

"물론입니다. 타시죠. 오야붕께서 기다리고 계십니다."

사카모토 일행은 세 개의 검은색 승용차에 탔고 차는 빠르게 공항을 벗어나 도쿄로 향했다.

"한국 생활은 어떠셨습니까?"

"쯧! 짜증이었지, 숨 쉬는 것조차!"

케이타로는 사카모토가 한국을 지독히도 싫어한다는 사실을 상기해 내곤 바로 고개를 숙였다.

"죄송합니다."

"괜찮아. 한데 오야붕께서는 화가 많이 나셨나?"

"한동안 연락이 안 되었으니까요. 걱정이 되어 막 조직원들을 보내려 했을 때 연락이 돼서 그나마 다행입니다. 그간의 사정을 들으시면 이해하실 겁니다."

"이해할 수밖에 없을 거야."

"네?"

"아니야. 피곤하니 도착하면 깨워줘."

"알겠습니다."

케이타로는 어딘가 모르게 살짝 달라 보이는 사카모토를 잠시 바라보다가 고개를 돌렸다.

조직 내에서도 성질이 더러운 걸로는 다섯 손가락 안에 드는 사카모토라 무슨 핑계를 대고 때릴지 몰랐기 때문이었다.

차는 잠시 후 일본식 저택 앞에 도착했다.
차에서 내린 사카모토는 옷을 제대로 정리하고 문 앞을 지키고 있는 사내들 앞에 손을 벌리고 섰다.
삐이익!
검색 봉이 바지 부근에서 울었다.
"버터플라이 칼도 주셔야 합니다."
"그러지."
사카모토는 호주머니에서 버터플라이 칼을 꺼내 건네주고 저택 안으로 들어섰다.
아기자기하면서도 제법 운치 있는 정원이 가장 먼저 보였다.
정원 곳곳에는 어슬렁거리는 야쿠자들이 있었는데, 막 문으로 들어온 사카모토를 보자 개중에 몇 명은 살짝 고개를 숙였다.
"기다리고 계십니다."
기모노 차림의 여성이 다가왔고 사카모토는 그녀를 따라가며 끊임없이 주변을 두리번거렸다.
사카모토, 즉 축(丑)이 보고 있는 것은 밖에서 대기하고 있는 열한 명의 십이지신들에게 전해지고 있었다.
두 명의 사내가 장승처럼 서 있는 문에 이르자 여자가 낮은 음성으로 말했다.
"사카모토 상이 왔습니다."

"들어와."

중저음의 목소리가 대답하자 오래된 미닫이문들이 마치 자동문처럼 순서대로 스르륵 열렸다.

세 개의 미닫이문이 열리자 사카모토 시게루의 오야붕이자 도쿄를 주름잡고 있는 에이이치 히데오가 양반 다리를 하고 앉아 있는 모습이 보였다.

사카모토는 두 번째 방까지 다가가 놓인 방석 위에 무릎을 꿇고 앉았다.

"오야붕을 뵙습니다!"

"한국에서 꽤 고생이 많았다고?"

"아닙니다. 심려를 끼쳐 드려 죄송합니다. 중국 삼합회와의 충돌 때문에 다소 연락이 지체됐습니다."

"그랬다고 했었지. 그래, 누구 밑이라는 말은 없더냐?"

"…조자범 대인의 아우라고 했습니다."

"조자범, 그자가? 동맹을 맺은 지 얼마나 됐다고 다시 도발이란 말인가! 그래, 뭐라고 하던가?"

"워낙 중요한 얘기라 오직 오야붕에게만 전하라고 했습니다."

"나에게만 전하라고 했다?"

에이이치 히데오는 눈을 가늘게 뜨며 고개를 숙이고 있는 사카모토를 바라보았다. 그러다 말을 이었다.

"얼마나 중요한 얘기기에?"

"마약 시장의 판도가 뒤바뀔 일이라고 했습니다. 그 이상은······."

"새로운 마약이라도 나온 건가?"

에이이치 히데오가 가볍게 손을 들어 흔들자 시중을 들던 여자들이 일제히 일어나 밖으로 나갔다.

하지만 경호원들은 여전히 가슴에 손을 넣은 채 움직이지 않고 있었다.

"나머지는 우리의 가족이니 말해도 상관없지 않겠느냐?"

"지당한 말씀입니다. 조자범 대인, 아니, 내가 모신 분이 이런 말을 전하라고 했어."

사카모토는 잠깐 말을 멈추며 고개를 들었다.

그리고 씨익 웃으며 말을 이었다.

"그동안 타인의 피로 잘살았으니 이제 그만 지옥으로 꺼지라고 말이야."

"뭐라?"

사카모토의 몸이 흐릿해진다고 느끼는 순간, 11시 방향에 있던 경호원 앞에 나타났다.

"어?"

까드득!

경호원은 이상함을 느끼기도 전에 고개가 기이하게 꺾였다.

그리고 그가 채 쓰러지기도 전에 축(丑)은 1시 방향의 경호원을 덮쳐 가고 있었다.

"칙쇼······."

총을 막 꺼내려던 경호원은 늦었다는 걸 깨달았는지 망연자

실한 표정으로 말을 뱉었지만 그것은 곧 유언이 되었다.

푸슉! 푸슉! 푸슉! 푸슉!

두 명의 경호원이 쓰러지는 동안 문 앞을 지키고 있던 경호원들이 축(丑)을 향해 총을 쐈다.

축(丑)은 멀리뛰기 선수처럼 두 명을 향해 몸을 날렸다.

"마, 말도 안……."

"괴, 괴물……."

뿌득! 뿌직!

총을 맞으면서도 날아온 축(丑)은 그 힘 그대로 양팔로 두 명의 머리를 내려쳤다.

"너, 넌 누구냐!"

어느새 총을 손에 든 에이이치 히데오는 두 명의 경호원의 머리를 본래 형태와는 완전히 다르게 만들고 자신에게 다가오는 축(丑)을 향해 말했다.

"쯧! 사카모토도 못 알아보는 거야?"

"넌 사카모토가 아니야!"

"그럼 내가 누군데?"

"넌… 넌… 괴물이다!"

탕! 탕! 탕! 탕!

수하들을 부를 생각인지 소음기가 달리지 않은 총을 쏘는 에이이치.

하지만 축(丑)은 손을 들어 얼굴을 막으며 계속해서 걸어왔다. 그리고 에이이치가 든 총을 잡더니 강한 힘으로 부숴 버렸다.

"달려올 사람이 있을까? 내가 보기엔 이미 정리가 된 것 같은데?"

"축(丑)! 조용히 해결하라고 말했지? 그나저나 내가 저 영감이 되어야 한다고? 꽤 유명한 인물이라고 해서 기대를 했는데 영락없는 노인네군."

축(丑)의 말이 끝나기가 무섭게 한 명의 사내가 걸어 들어오며 히죽거렸다.

"지(地) 님, 최대한 조용히 처리하려고 했습니다. 다 보시지 않았습니까?"

"영감부터 기절시켰어야지. 그건 나중에 얘기하기로 하고 일단 일부터 처리하자고."

에이이치는 자신은 안 보인다는 듯 농담을 주고받는 두 사람을 향해 물었다.

"너, 너희들은 누가 보낸 자들이지?"

"안 가르쳐 줘. 내 동생을 지난번처럼 위험에 처하게 할 생각은 없거든. 이제 그만 떠들고 행복한 꿈이나 꾸라고."

"무슨……."

의문투성이였지만 더 이상 생각을 이을 수 없었다. 목에서 느껴지는 충격에 정신을 잃은 것이다.

에이이치가 쓰러지자 지(地)는 안주머니에서 헤드셋을 꺼내 스마트폰과 연결해 그의 머리에 씌웠다.

"모든 비밀을 토해낼 때까지 끊임없는 꿈을 꾸게 될 거야, 영감."

가볍게 에이이치의 볼을 두들긴 지(地)는 얼굴에 붙어 있던 인피면구와 가발을 벗었다.

그러자 지(地)의 얼굴은 에이이치처럼 바뀌어 있었다.

"축(丑), 영감 옷 좀 찾아와. 저택에서 아무도 빠져나가지 못하게 하고."

"알겠습니다."

축(丑)이 나가자 지(地)는 한편에 있는 거울을 보며 중얼거렸다.

"완료했어, 동생."

* * *

섬서성 서안(西安)은 옛 당나라 시기의 수도이며 수많은 관광객들이 찾는 관광 명소였다.

하지만 밤이 되면 관광객들은 옌타 구(區)에 있는 무릉도원이라고 불리는 거리를 찾았다.

2000년대 초 야시장으로 시작된 무릉도원은 관광객들을 상대로 하는 청루─몸을 파는 창기가 있는 곳─가 번성하면서 발전했다.

지금에 와서는 바깥쪽은 한국의 홍대와 같은 문화의 거리이면서 골목으로 들어가면 청루가 있는 다소 복잡한 곳이 되었다.

하지만 한 가지 확실한 것은 무릉도원이라는 이름처럼 돈만 있으면 신선이 부럽지 않은 곳이었다.

무릉도원의 중심 거리에서 다소 떨어진 골목에 한 사내가 연신 두리번거리며 천천히 걷고 있었다.

무언가를 찾는 것 같으면서도 지나가는 사람에게 묻지도 않는 것을 보아 가게를 찾는 것은 아닌 모양이었다.

"이봐요, 예쁜 아가씨들 많아요."

"오늘은 그 때문에 온 게 아닙니다."

"좋은 것도 많은데……."

"됐습니다."

포주의 말을 다 듣기도 전에 거절한 사내는 다른 골목으로 걸음을 옮겼다.

사내의 이름은 위도윤.

그의 아버지는 서안에서 관광 사업을 해서 큰돈을 벌었는데, 중국의 여느 부모들처럼 자식을 위해서 돈을 아끼지 않았다.

그래서 어릴 때부터 부족함 없이 자랐고 고등학교 때부터 무릉도원을 제집 드나들 듯 다녔을 정도로 씀씀이가 커졌다.

하지만 그의 아버지는 위도윤을 나무라지 않았고 오히려 사내가 그 정도는 돼야 한다면서 껄껄거렸다.

한데 그런 그의 아버지가 며칠 전 청천벽력과 같은 말을 했다.

정신을 차리지 않는다면 모든 지원을 끊겠다는 말과 함께 모든 재산을 동생에게 상속하겠다는 것이었다.

'빌어먹을 마약!'

문제가 된 건 마약을 하면서부터였다.

술집에서 우연히 접하게 된 이후로 걷잡을 수 없이 빠져들

게 되었고, 끊으려고 생각했을 땐 이미 중독이 된 상태였다.

그 후론 모든 게 엉망이 되어버렸다.

얼마 전엔 회사 공금에 손을 대는 것도 부족해 마약에 취한 상태에서 집을 쑥대밭으로 만들어 버린 것이다.

치료를 위해 병원에도 갔었다.

하지만 감금당하는 건 죽기보다 싫었기에 결국 제자리걸음이었다.

그런데 병원에서 우연히 마약의 중독성을 치료할 수 있는 물건이 나왔다는 얘기를 듣게 되었다.

자세한 위치를 듣지는 못했지만 무릉도원에 가면 구할 수 있다는 말에 위도윤은 이틀째 이곳저곳을 돌아다니고 있었다.

잘 걷던 위도윤이 갑자기 멈춰 섰다. 그리고 갑자기 몸을 떨기 시작했다.

"…으으 …으윽!"

시시때때로 찾아오는 금단증상이었다.

추운 날씨임에도 식은땀이 났고, 떨림은 더욱 심해졌다. 앙다문 그의 입에선 짐승이 앓는 듯한 소리가 끊임없이 새어 나오고 있었다.

결국 바닥에 주저앉은 위도윤은 온몸을 웅크린 채 증상이 가시길 기다렸다.

'한 번만 할까? …안 돼. 언제까지 마약중독자로 살 수는 없어! …한 번쯤 더 한다고 어떻게 되겠어? 지금 너무 힘들잖아?'

의지 따위로 마약중독을 막을 수는 없었다.

끊겠다고, 다시는 하지 않겠다고 다짐을 해보지만 자기 합리화란 괴물이 슬그머니 올라와 굳은 다짐을 허물어 버렸다.

위도윤의 손이 안주머니를 향했다. 그곳에는 지금의 고통을 없애줄 마약이 있었다.

'아, 안 돼!'

아버지의 모습이 떠올랐다.

단호하게 말하면서도 세상을 잃은 듯한 슬픈 눈으로 자신을 바라보던 아버지.

한 번의 위기는 무사히 넘긴 것 같았다.

하지만 곧 다른 괴물이 슬픈 눈으로 자신을 바라보던 아버지를 삼켰다.

분노라는 괴물이었다.

'나를 버리고 동생을 택했어! 아버지가 어떻게 나에게 이럴 수가 있지? 날 버린 거야! 그래, 내가 어떻게 되든 아무런 상관도 하지 않으실 거라고!'

멈췄던 손이 다시 안주머니로 가려고 할 때 누군가가 그의 곁으로 다가와 말을 걸었다.

"쯧쯧! 마약중독이군. 아까 내가 말했잖아. 좋은 거 많다고."

아까 지나칠 때 말을 걸었던 포주였다.

"피, 필요 없습니다!"

위도윤은 그가 마약을 권한다고 생각했다. 당장 마약을 하려던 그는 포주의 말에 정신을 차리고 거절을 했다.

"웃기는 소리 하네. 지금 상태로 참다간 잘못하면 죽어, 이 친구야. 아마 벽에다 머리를 박아버리겠지. 이번 한 번만 특별히 서비스하지."

"시, 싫습……."

거절을 하는 위도윤의 말엔 힘이 없었다.

포주는 헤드셋처럼 생긴 물건을 꺼내 위도윤의 머리에 씌우더니 스마트폰을 꾹 눌렀다.

순간, 위도윤의 눈이 찢어질 듯이 커졌다.

짜릿함과 함께 머리가 시원해지는 느낌 때문이었다.

언젠가 아버지와 함께 올랐던 천산 꼭대기에서 바라본 세상처럼 머리가 맑아졌다.

"됐지?"

"…예! 감사합니다."

온몸의 떨림이 사라졌다. 위도윤은 놀라움에 자신의 손을 보다 포주의 말에 정신을 차리고 감사를 표했다. 그리고 눈앞에 있는 포주가 자신이 찾던 인물임을 알고 말을 걸었다.

"방금 그게 마약 치료제죠?"

"알고 있었어? 처음 보는 놈인데……."

"병원에서 우연히 듣고 찾아다녔습니다."

"그래?"

"예, 치료제를 사고 싶어서 돌아다녔습니다. 구매할 수 있을까요?"

포주는 계속 주변을 두리번거리며 말했다.

"그야 파는 거니까 당연하지. 한데 가격이 좀 나가. 처음엔 기계 값이 포함되거든."

"얼마나……."

"기계 값이 3,000위안이야. 그리고 지금 치료한 건 일시적인 것뿐이야. 치료는 꾸준히 하는 게 좋아. 한 달 정도 치료하면 그때부터는 스스로 끊을 수 있을 테니… 한 달 분량이면 10,000위안."

현재 100위안이 한국 돈으로 만 원. 총 130만 원으로 그리 비싼 금액은 아니었다.

위도윤이 말이 없자 포주가 설명을 덧붙였다.

"절대 비싼 거 아냐. 돈 없으면 전화번호 줄 테니까 돈 생기면 전화하고."

"아, 아닙니다. 있습니다."

위도윤은 치료제를 사기 위해 준비한 돈을 꺼냈다.

"2만 위안입니다. 그만큼 치료제를 주세요."

"화끈한 친구군. 자리를 옮기지."

위도윤은 포주를 따라 그의 가게로 향했다.

야한 옷을 입은 아가씨들을 지나 사무실로 들어간 사내는 벽장에서 크고 작은 상자 두 개를 꺼내 위도윤에게 건넸다.

"이 작은 상자 안에 있는 메모리를 스마트폰에 꽂아. 그다음 이 큰 상자 안에 있는 헤드셋을 스마트폰과 연동시키면 사용 준비는 끝난 거야. 헤드셋을 머리에 쓰면 스마트폰에 메시지가 생겨. 치료할 것인지 말 것인지. 당연히 예스를 눌러야겠지. 그럼 끝나. 간단하지? 궁금한 거 있나?"

"치료제는 발작할 때마다 쓰면 됩니까?"

"아참! 그걸 설명을 안 했네. 아침, 점심, 저녁 이렇게 세 번 사용하면 돼."

"…식전입니까? 식후입니까?"

"쯧! 똑똑한 놈인 줄 알았는데 영 아니군. 이게 먹는 약이냐? 식전 식후를 따지게."

"…죄송합니다."

"그렇다고 죄송할 것까지는 없고. 일단 그렇게 맞으면 웬만한 중독자가 아니고서는 발작이 생길 일이 없을 거야. 물론 발작이 생기면 바로 사용하면 돼. 메모리에 들어간 용량은 총 100회 사용 가능해. 가만 있자, 7,000위안어치 더 줘야 하니까… 특별히 100회용으로 하나 더 줄게."

포주는 작은 상자 하나를 더 찾아 위도윤에게 건넸다.

"스마트폰 줘봐."

"네?"

"줘보라니까!"

포주가 처음으로 인상을 꾸겼다. 위도윤은 재빨리 스마트폰을 꺼내 그에게 줘야 했다.

이들이 흑사회와 연관이 되어 있다는 건 익히 알고 있는 사실이었다.

뭔 짓을 하나 봤더니 자신의 스마트폰과 통화를 하는 것뿐이었다.

"필요한 거 있으면 찍힌 번호로 연락해. 이제부터는 배달만 가능하니까. 다른 사람들에게 얘기하거나 공안에 신고하면 재미없을 거야."

"치료제인데 뭐라고 하는 사람들이 있나요?"

"생각 좀 하고 살아. 처음에 너한테 마약 팔 때 비싸게 팔디? 중독시키기 위해 싸게 줬을 거야. 그렇지 않아?"

위도윤은 사내의 말에 고개를 끄덕였다.

"그게 그놈들이 생각할 땐 다 투자라고. 중독이 됐다 싶으면 그때부터 비싸게 받기 시작하지. 그런데 갑자기 치료제가 나왔어. 그들이 좋아할까?"

"…무슨 말인지 이해했습니다. 아무에게도 말하지 않겠습니다."

"마약쟁이 말을 어떻게 믿냐? 어쨌든 주변에 마약 끊고 싶어 하는 사람들 있으면 소개시켜 줘도 돼."

"그러겠습니다."

위도윤은 물건들을 챙겨 자리에서 일어났다.

막 문을 나서려는데 포주가 다시 그를 불러 세웠다.

"참! 잠깐만."

"무슨……."

"너, 마약 가지고 있는 거 있지?"

위도윤은 잠시 머뭇거리다 말을 했다.

"…없습니다."

"뒤져서 나오면 혼난다. 그리고 끊을 생각이라면 나한테 줘도 상관없잖아."

위도윤은 망설이다 어차피 끊겠다고 마음을 먹은 거 있는 마약을 없애겠다는 생각에 호주머니에서 꺼내 포주에게 건넸다.

"이래서 마약쟁이들은 못 믿는다니까."

투덜거린 포주는 마약의 무게를 재고 이상한 기계장치에 넣었다 뺀 후 사진을 찍더니 싱크대에 쏟아 버리곤 물을 내렸다.

위도윤은 아깝다는 생각이 들었지만 흑사회의 일원일 포주에게 아무 말도 할 수가 없었다.

그때 포주가 책상 서랍을 뒤지더니 아까와 색깔만 다른 작은 상자를 던졌다.

얼떨결에 상자를 받아 든 위도윤에게 포주는 설명을 했다.

"그건 디지털 마약이야. 네가 가지고 있던 마약이 6회분 정도 돼서 10회분으로 줬다."

"이것도… 마약입니까?"

"중독성도 없고 깔끔한 놈이지만 가급적 마약은 하지 마라. 그래도 정 하고 싶으면 그놈으로 하고."

위도윤은 빨간 상자를 보며 묘한 기분이 들었다.

치료제를 팔면서 마약을 팔고, 마약을 팔면서 마약을 하지 말라고 하고, 하려면 자신들의 마약으로 하라니 우습기까지 했다.

"가격은 얼마입니까?"

"비매품이야. 젠장 할 놈들, 마약 끊겠다는 놈들이 하나같이 가격은 왜 물어봐."

포주의 행동은 시종일관 앞뒤가 맞지 않았다.

하지만 끊겠다고 치료약을 사면서도 마약이 싱크대로 버려지는 순간 아깝다는 마음이 든 자신과 크게 다를 바 없었다.

그래서 위도윤은 그의 행동이 이해가 됐다.

"그럼……."

"꼭 치료에 성공해라."

"저도 그러길 바랍니다."

청루를 빠져나온 위도윤은 그 길로 무릉도원을 빠져나왔다. 그리고 무릉도원으로 들어가는 입구에 서서 손을 폈다.

왼손에는 파란색 상자가, 오른손에는 붉은색 상자가 있었다.

'인생은 B(Birth)와 D(Death) 사이에 있는 C(Choice)라고 하더니…….'

위도윤의 머릿속에 아버지의 눈빛과 성공하라고 말하던 포주의 마지막 눈빛이 떠올랐다.

한참 두 개의 상자를 번갈아 보다 붉은 상자를 바닥에 던지고 발로 밟았다.

짜직!

그는 방금 새로운 삶을 살기로 선택(Choice)했다.

＊　　　＊　　　＊

일본과 중국에 거의 동시에 나타난 DDR(Digital Drug Remedy)의 시작은 조용했다.

하지만 한 달도 되지 않아 사회적 이슈로 떠올랐다.

일본의 한 TV 프로그램에서는 마약중독을 고통 없이 없앨 수 있는 치료제이며, 담배와 술 중독에도 효과가 있음을 실험으로 보여줬다.

그와는 별도로 마약을 주 수입원으로 삼고 있던 조직들이 DDR의 생산자를 찾기 위해 움직이기 시작했다.

DDR은 마약 유통업자들이 보기에는 저주받은 물건이나 다름없었다.

한데 은밀히 퍼진 한 가지 소문에 각국의 정보기관까지 움직이게 되었다.

DDR 이외에 마약과 같은 효과를 내는 DD(Digital Drug)도 존재한다는 것.

재배와 생산이 필요 없고 목숨을 걸고 운반할 필요도 없으며 무한으로 찍어낼 수 있는 마약.

그 탐스러운 과실이 그들을 움직이게 한 것이었다.

그리고 또 하나의 조직.

마더의 이상 증상 뒤 활동하기 시작한 퓨텍의 특별 대응 팀도 일본과 중국으로 향했다.

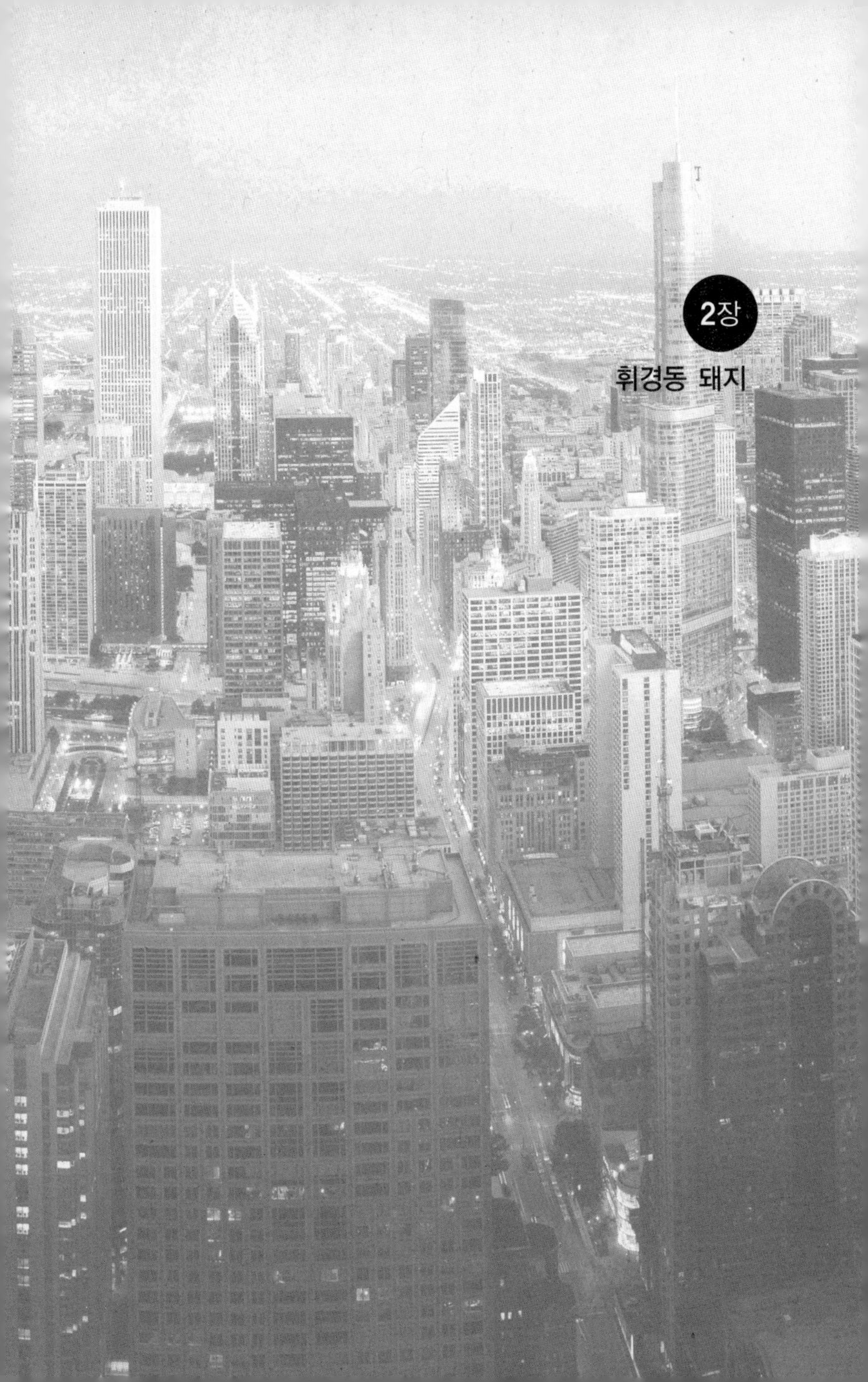

2장

휘경동 돼지

DDR 때문에 세상이 어떻게 되어가는지는 준영의 관심 밖이었다.

성심테크에 채울 물건들을 요구하는 천(天)의 요청을 처리하느라 하루하루가 바빴고 어떻게 지나가는지도 모르게 생활하고 있었다.

"형네 회사에 놀러 오라고요?"

─응, 요즘 좀 한가하거든.

"음······."

하트홀릭의 리더인 창욱의 전화를 받은 준영은 잠시 고민을 했다.

옆에서 얼른 일을 처리하라고 가자미눈을 뜨고 있는 천(天)을 생각한다면 당연히 거절해야 했다.

하지만 준영은 하트홀릭에게 가고 싶었다. 아니, 이 사무실에서 벗어나고 싶었다.

"갈려면 다 처리하고 가."

천(天)이 쐐기를 박았다.

하지만 천(天)의 말처럼 다 처리하려면 오늘이 아니라 내일이 되어도 불가능할 만큼 일이 쌓인 상태였다.

'돈이냐, 자유냐. 이것이 문제로다.'

—쩝! 바쁘면 어쩔 수 없지…….

준영의 생각이 길어지자 창욱이 실망 가득한 목소리로 말했다.

준영은 눈을 질근 감았다.

"갈게요! 조금만 기다려 주세요."

—이제야 준영이답네. 밑에 도착하면 연락 줘라.

준영은 자유를 선택했다.

전화를 끊자 천(天)은 손을 내밀었고 준영은 그 손바닥에 하이 파이브를 했다.

성심테크의 재산 관리를 모두 맡긴다는 뜻이었다.

천(天)은 성심테크 본사를 다녀온 뒤 필요한 물건을 닥치는 대로 신청하기 시작했다.

물건 값만 4,000억이 넘는 돈.

준영은 물건을 주문한 회사에 일일이 전화해 취소를 해야 했다.

현재 성심테크의 여유 자금보다 많은 금액을 신청한 천(天)은 적반하장으로 길길이 날뛰었다.

계약금을 걸고 브레인—Wr의 판매 대금이 나온 후 지불하면 되지 않느냐는 논리였다.

하지만 준영은 아직 브레인—Wr를 팔 생각이 없었다. 아직 시기가 안 된 것이다.

결국 천(天)이 사는 물건들을 하나씩 확인해 가며 타당성 여부를 판단해 신청을 하는 중이었다.

"제발 여유 자금만큼만 시켜요."

"걱정 마."

자신 있게 말하는 천(天)을 보니 더욱 걱정이 됐다.

"브레인—Wr이 팔려도 주주들 배당금 줄 정도는 남겨두세요."

준영은 성심테크의 주식 중 12퍼센트를 호영, 현영, 산영의 이름으로 해둔 상태였다.

배당금으로 그들의 재산을 불려놓을 생각이었는데 그마저도 하지 못할까 노파심에서 한 말이었다.

"걱정하지 말래도. 네가 왜 그렇게까지 막았는지 이해했으니까. 그리고 한동테크를 인수할 돈도 남겨둘게."

'말이라도 못하면⋯⋯.'

이미 기차는 떠났다.

얼마나 열심히 쇼핑을 할 건지 눈까지 퍼덕거리는 천(天)을 보곤 긴 한숨을 내쉰 준영은 머릿속에서 천(天)이라는 단어와 돈이라는 단어를 깨끗이 지웠다.

* * *

하트홀릭을 만나는 건 호텔 서머 페스티벌 이후 정말 오랜 만이었다.

"여! 스토커, 요즘 너무 뜸한 거 아냐?"

언더그라운드에 있을 때와는 비교도 안 되게 세련되어진 형석이 안내 데스크로 내려오며 손을 흔들었다.

"우와! 형석이 형, 완전 사람 됐네요."

"이 자식아! 그럼 그동안은 짐승이었냐?"

"아아! 취소, 취소!"

형석이 헤드록을 걸어왔기에 준영은 금세 항복을 해야 했다.

"소속사 생활은 괜찮아요?"

"좋지. 간혹 락앤술에서 노래할 때가 그립긴 하지만 지금 이 자리에 있으니 느끼는 추억일 테지."

하트홀릭 멤버들은 다행히도 모두 현재의 생활이 즐거운 모 양이었다.

"참, 범균이 형, 며칠 전 예능에 나간 거 봤어요. 엄청 웃기 던데요."

"어떻게 찍었는지도 모르게 어리바리했는데 방송으로 보니 까 그나마 낫더라. 두 번 다시 못 할 짓이야."

"왜요? 전 보기 좋았어요. 아마 조만간 예능 프로그램 섭외 쏟아질걸요."

"킥킥! 내숭이야. 내숭. 안 그래도 예능 프로그램 섭외 두 군데서 왔는데 범균이 형도 은근 기대하고 있었는지 엄청 좋아하더라."

형석이 옆에서 조잘대자 범균의 얼굴이 시뻘게지며 소리쳤다.

"얌마! 내가 언제 좋아했어?"

"제가 사진 찍어놨는데 보여줄까요? 새색시처럼 예쁘게 찍혔지, 아마."

"이 자식이!"

형석이 스마트폰을 꺼내려고 하자 범균은 형석을 잡으려 했고 그는 그럴 줄 알았다는 듯 도망 다녔다.

준영은 그 모습에 기분 좋게 웃었다.

그들이 보여준 콩트 같은 상황이 아닌 하트홀릭의 마음이 느껴졌기 때문이었다.

믿어준 팬에게 현재 자신들의 모습을 보여주고 싶었으리라.

똑똑!

노크 소리와 함께 한 여자애가 문을 열고 고개를 삐죽이 내밀었다.

"오빠들! 뭐 하세요?"

"오! 수진아, 어서 와라."

창욱이 들어오는 여자애를 반겼다. 그리고 자랑스럽게 소개를 했다.

"너도 LoG 알지? 얘가 리더인 수진이야. 앤 우리가 언더에 있을 때부터 팬인 안준영."

"……."

화장을 하기 전과 후의 차이가 심해도 너무 심하다는 생각이 퍼뜩 스쳤지만 수진이 지금 아는 체하면 좀 곤란했기에 준영이 먼저 선수를 쳤다.

"우와! 반가워요! 빅 팬은 아니지만 평소에 LoG를 좋아했어요. 안준영입니다."

윙크 날리는 걸 잊지 않았다.

수진은 그때 봤을 때처럼 똑똑한 여자애였다.

"…네, LoG의 수진이에요."

"수진아, 다른 애들 뭐 해? 우리 저녁 먹으러 갈 건데 같이 갈래? 이 오빠들이 사마."

"연습하다가 잠깐 쉬는 시간이에요. 멀리는 못 가요."

"이 앞에서 먹을 거니까 같이 가자."

"네, 애들도 좋아할 거예요."

마치 한 편의 어색한 연극을 보는 것 같았다.

'자랑하고 싶었나 보네.'

이해를 못 하는 바는 아니었지만 지금으로써는 곤란한 상황이었다.

"LoG를 다 볼 수 있는 건가요? 이거 영광이네요."

"쨔샤! 형들 잘 만나서 복 받았다고 생각해라."

형석의 말에 준영은 고개를 끄덕이면서 나가려는 수진을 향해 말했다.

"물론이죠. 수진 씨, 어서 가서 LoG분들 데리고 오세요. 제 얘기 꼭! 하시고요."

"…호호! 알았어요."

위기일발이었다.

'니가 뭔데 LoG를 오라 가라냐' 고 한마디 듣기는 했지만 무사히 넘길 수 있었다.

하트홀릭과 LoG는 음식점으로 가는 내내 친함을 과시했다.

다소 어색하긴 했지만 친한 건 사실인지 두 팀의 대화에는 서로에 대한 정이 담겨 있었다.

"거의 같은 시기에 활동을 시작했거든. 그래서 많이 친해졌어."

평소엔 거의 한마디도 하지 않던 하트홀릭의 민수도 아빠미소를 지은 채 준영에게 말했다.

'접대 받은 걸 알면 죽이려 들겠군.'

준영은 무덤까지 가지고 갈 비밀이 하나 생겼음을 깨달았다.

음식점은 의외로 순대 국밥집이었다.

룸을 차지한 일행은 순댓국에, 순대, 머리 고기를 잔뜩 시켰다.

"왜요? 우리가 이런 거 먹으니까 이상해요?"

준영이 LoG가 먹는 모습을 멍하니 보고 있자 머리 고기를 씹던 수진이 물었다.

"약간요."

"연습생 때는 이마저도 원 없이 먹는 게 소원이었어요. 알레르기 때문에 먹지 못하는 거 빼곤 못 먹는 거 없어요."

꿈을 향해 달려가는 사람들은 힘들다.

하지만 그 뒤에 있는 달콤한 과실을 따기 위해 달려가는 것 아닌가?

간혹 TV에서 아이돌 생활이 힘들었다고 말하는 스타들을 보곤 한다.

하지만 '아이돌 생활이 힘들구나' 하고 새로운 사실을 알게 된 것에 신기할 뿐이지, 그들이 말하는 죽도록 힘들었다는 것에는 공감하지 못했다.

아이돌이나 배우들뿐만 아니라 세상 대부분의 사람들이 그렇게 노력하고 있다.

학생들은 공부를 하며, 직장에서 일하는 사람들은 돈을 벌기 위해.

고위험, 고수익.

스타가 되기 위해선 좁은 길을 뚫어야 하지만 되고 나면 그만 한 과실을 따지 않느냐는 게 준영의 생각이었다.

준영은 수진의 말에 LoG가 안타깝다는 생각이 들었지만 불쌍하다는 생각은 들지 않았다.

"맛있게 먹어요."

준영은 빙긋 웃으며 말했다.

그가 할 수 있는 일은 노력하는 자를 비웃지 않고 박수를 보내는 정도였다.

"스토커, 마치 니가 살 것처럼 말한다?"

"형들이 사는 게 제가 사는 것과 같죠. 저희가 어디 보통 사이인가요?"

"난 니가 간혹 무서워. 나중에 우리 집에 와서 밥 차려 내놓으라고 할까 봐."

"당연히 그럴 건데요? 설마 안 차려줄려고 했어요?"

"닥쳐! 그럼 내 기타가 악기가 아닌 무기가 되는 걸 보게 될 테니까."

"밥 차려줘요~ 형석이~ 혀엉~"

"이 스토커야, 꺼져!"

준영은 형석의 팔을 잡으며 말했고, 형석은 질색을 하며 준영의 머리를 당수로 때렸다.

"하하하!"

"호호호!"

식사는 재미있는 분위기에서 끝이 났다.

가게 아주머니가 스타들이 왔다고 사과를 깎아 왔다.

사과를 먹으면서 현재 LoG에서 가장 인기가 많은 유나가 말했다.

"한데 창욱 오빠, 오늘 온다는 사람이 오빠들 노래 작곡했다고 했었잖아요? 그 사람이 혹시 이분……?"

유나의 손가락은 준영을 향하고 있었다.

"응, 맞아. 준영이가 해줬어. 형석이 애인인 루미 알지? 그 애 곡도 준영이가 해줬고."

"…진짜요?"

'나한테 묻는 거냐?'

창욱의 말에 대한 의문이었지만 얼굴의 방향은 준영을 향하고 있었다.

하지만 대답은 형석이 했다.

"물론. 이번에 우리 새로운 앨범 작업도 해줄 거야. 그렇지, 준영아? 내가 요즘 혼신의 힘을 다른 곳에 쓰고 있어서 작곡할 여유가 없다."

"…그 혼신의 힘을 루미 누나한테 쓰는 건 그렇다고 치고. 왜 갑자기 스토커에서 준영이로 바뀐 거죠?"

형석은 갑자기 정색을 하며 말하는 준영의 모습에 순간 움찔했다.

'얘가 왜 이러지?' 싶다가도 자신들의 부탁이 염치없는 것임을 알기에 애써 너스레를 떨며 말했다.

"자식, 까칠하긴… 설마 요즘 바쁘다는 핑계로 곡 안 써줄 생각은 아니지?"

"글쎄요, 밥도 안 차려줄 사람에게 굳이 곡을 써줄 필요가 있을까요?"

형석은 준영이 장난을 치고 있음을 깨달았다.

그리고 순간 조금 전 준영을 보며 움찔한 것이 화가 나기도 하고 무안하기도 해서 소리쳤다.

"…이런, 쌍! 차려준다. 차려줘!"

"헤헤! 약속한 거예요. 형네 앨범 낼 때가 됐다 싶어 미리 해

됐죠. 창욱이 형한테 보내줄게요. 한데 소속 작곡가는 없어요?"

"응, 없어. 외주로 곡을 받아."

준영이 보내준 곡을 창욱은 음식점에서 바로 틀었다.

"악! 나중에 들어요!"

하지만 이미 늦었다. 준영이 나름대로 흥얼거리며 부른 노래가 방을 가득 채웠다.

"역시 신은 공평해. 얼굴을 보면 가수 뺨치게 노래를 부를 녀석인데……."

준영은 형석의 말에 당장 노래를 뺏고 싶었다.

하지만 형석을 제외한 다른 사람들은 고개를 까닥거리며 듣고 있었기에 그러기엔 힘들었다.

"노래 좋아요. 오빠들 분위기랑도 잘 맞고요."

수진이 음악 소리를 신경 써서인지 옆에서 귓속말로 속삭였다.

"고마워요."

준영은 왠지 기분이 좋아져서 빙긋 웃으며 말했다. 하지만 곧 이어지는 말에 얼굴이 딱딱하게 굳었다.

"저희 곡도 좀 써 봐주시면 안 될까요, 안 사장님?"

이래서 머리 좋은 것들은 싫었다.

준영은 수진을 보며 인상을 쓰다가 문득 떠오르는 사람이 있었다.

정확히는 사람이 아니었지만 말이다.

"저보다 훨씬 잘하는 사람이 있어요. 소개시켜 줄게요."

"누군데요?"

준영은 지(地)에게 전화를 걸었다.

지(地)는 작곡을 할 수 있다는 말에 오토바이를 타고 당장에 달려왔다.

"하하하! 안녕하세요. 제가 준영이 말했던 '휘경동 대지'입니다."

"휘경동 돼지요?"

"…대지요."

"아항! 돼지요. 이름이 특이하시네요."

"하하하하하! 큭큭큭! 휘경동 돼지. 형, 딱이다!"

준영은 눈물을 흘리며 웃었다.

지(地)는 인상을 와락 구기고 싶었지만 현재로써는 불가능한 일이었다.

휘경동 돼지.

가까운 미래에 대한민국을 떠들썩하게 만든 천재 작곡가의 이름은 이렇게 탄생했다.

*　　　*　　　*

준영은 최대한 어려 보이도록 노력했다.

단정한 스타일을 주로 입었는데 지(地)처럼 힙합 스타일로 옷을 입었다.

"데이트 가니?"

천(天)이 뻔히 알면서도 물었다.

"아니, 납치."

"좋은 시간 보내라. 콘돔은 챙겼니?"

"누나!"

"쯧쯧! 임신할 위험이 있는 인간 여자가 뭐가 좋다고……."

"…요즘 성에 대해 공부해? 웬 섹드립이야?"

"응, 모르는 거 있는데 가르쳐 줄래?"

"책 봐."

준영은 단호하게 거절을 했다.

그때 다시 웅웅거리며 스마트폰이 울었다.

"알았다. 내려간다. 고만 보채라."

준영은 재빠르게 아래로 내려갔다.

회사 앞, 교통을 방해하며 작은 핑크색 차가 서 있었다.

"차 예쁘죠? 내가 워낙 작고 귀여운 걸 좋아해서요."

'백설공주니까 작고 귀여운 것들(?)을 좋아하겠지.'

예설희는 오늘도 머리에 하얀색 꽃을 꽂고 있었다. 그나마 다행인 점은 지난번보다는 조금 작아졌다는 것이다.

준영은 몸을 구기며 차에 탔다.

"어? 지난번에 내가 사 준 옷은 왜 안 입었어요?"

"아, 그 옷이요? 아버지가 당신 옷인 줄 알고 입고 가버렸어요."

민혁이 소개시켜 줘서 최소한 상처를 입히지는 않으려고 노력하는 중이었다. 하지만 생각과 다르게 입에선 폐부를 찌르는 말이 나왔다.

"호호호! 어른스러운 농담 좋아해요."

정말 재미있다는 듯 웃는 예설희를 보는 준영은 황당해졌다.

어른 얘기를 했다고 어른스러운 농담이라니. 고등학생이 나오는 농담을 하면 고딩스럽다고 할 여자였다.

준영의 충격은 그게 끝이 아니었다.

"오늘 옷도 나쁘지 않아요. 마음에 들어요."

"……"

준영은 분명 힙합 스타일이라고 옷을 입었는데 예설희의 눈에는 더 나이가 들어 보였나 보다.

작고 귀여운 차는 동부 간선도로를 타고 성수대교를 거쳐 강남으로 향했다.

"한데 오늘 웬일이에요?"

예설희의 방문은 갑작스러웠다.

데이트나 하자며 회사 앞이니 나오라는 말에 바쁘다고 하자 회사로 들어온다고 해서 질색하며 나올 수밖에 없었다.

오늘은 특히나 입이 가벼운 경비원이 근무하는 날이었다.

"소개팅하고 애프터가 없어서 왔어요."

"바빴어요."

준영은 이쯤에서 눈치채 주길 바랐다. 바빴다는 말은 싫은 건 아니지만 '당신은 내 스타일이 아니다' 라는 말이었다.

"난 남자가 애프터 신청하는 거 싫어해요. 남자는 진중해야 멋있거든요."

"…네네."

4차원을 넘어서 8차원까지 가고 있는 예설희에겐 돌려서 하는 말이 소용없음을 알았다.

오늘 만남이 끝나고 확실히 말해줄 생각이었다.

"중국 음식 좋아해요?"

"네."

"다행이에요. 어떤 걸 좋아할지 몰라 고민했거든요. 예약해 뒀으니 일단 저녁부터 먹어요."

준영은 식사할 곳을 예약했다고 말하며 방긋 웃는 예설희를 바라봤다.

백설공주라는 것과 정신이 8차원으로 가고 있다는 것을 제외한다면 꽤 괜찮은 여자였다.

준영은 금세 고개를 돌렸다. 괜찮은 여자라는 것이지, 사귈 마음은 없었다.

막힌 길을 뚫고 도착한 곳은 하필이면 명천호텔이었다. 그렇다고 주저할 것은 없었다.

"네? 화재의 위험성 때문에 소방 점검 중이라고요?"

엘리베이터를 타고 중식당이 있는 층에 도착하자 약간 소란스러웠다.

손님들이 식당 안으로 들어가지 못하고 밖에서 종업원과 얘기를 하고 있었다.

"죄송합니다, 고객님. 막 고객님께 사죄의 전화를 드리려고 했습니다. 이렇게 번거롭게 해드려서 다시 한 번 사죄드립니다."

"이런 경우는 처음이군요."

"죄송합니다. 저희 호텔 측의 잘못이라 뭐라 드릴 말씀이 없습니다. 그래서 레스토랑 이용권 20만 원과 중식당 이용권 20만 원을 드리고 있으니 점검이 끝나고 언제든지 이용해 주십시오."

땀을 뻘뻘 흘리며 연신 고개를 숙이는 종업원을 보며 말을 하고 있던 아주머니도 더 이상 뭐라고 할 수 없었는지 한발 물러섰다.

"하아~ 어쩔 수 없죠. 아래 레스토랑은 괜찮죠?"

"물론입니다, 고객님."

아주머니를 시작으로 중식당 예약자들은 종업원들이 주는 상품권을 받고서 아래층으로 내려갔다.

"여긴 중국 음식이 맛있는데… 어쩔 수 없죠. 여긴 다음에 와서 먹어요."

예설희는 많이 아쉽다는 얼굴로 말하며 이용권을 받으려고 했다.

준영은 종업원의 말에서 여러 가지 이상함을 느꼈지만 사정이 있을 것이라는 생각에 아무 말도 하지 않고 그저 바라만 보고 있었다. 한데 종업원이 중국어로 가볍게 중얼거리는 말에 나서야 했다.

"하여간 공짜라면……."

너무 낮은 음성이라 더 이상 들리지 않았지만 한국인을 비하하는 말 같았다.

"소방 점검 중이라고요?"

"아, 네… 고객님."

"우리나라 공무원들을 우습게 아시는군요."

"네?"

"공무원들 퇴근 시간이 지났다는 말이죠. 그리고 화재 위험이 있어 점검을 하는데 아래층의 레스토랑은 운영을 하다니 이상하지 않습니까?"

"고객님, 그건……."

종업원은 적당한 핑계거리를 생각하려 했지만 떠오르지 않아 말문이 막혔다.

"어느 권력자가 레스토랑을 통째로 빌렸나본데, 그 사람이 대통령이 아니라면 우리도 이용합시다. 방해하지 않게 조용하게 먹고 가죠. 이 아가씨가 오늘 여기 중국 음식을 꼭 먹고 싶어 하거든요."

"죄송합니다만……."

준영은 종업원이 말할 틈을 주지 않았다.

"오늘 일이 알려져 봐야 좋을 게 없잖아요? 오늘 이곳을 예약한 사람들도 별로 바라는 일이 아닐 겁니다. 못 할 것 같죠?"

"……."

종업원은 결국 고개를 푹 숙였다.

준영은 그런 그를 향해 중국어로 말했다.

"공짜를 좋아하는 건 한국인과 중국인이나 다를 바 없어요. 그리고 이번 일은 분명 호텔 측의 잘못입니다. 호텔에서 밥 먹으려는 사람들이 그깟 40만 원을 받으려고 이해해 줬다고 생각하지 마세요. 당신이 땀을 흘리면서 고생하는 모습 때문에 봐준 겁니다."

"…죄송합니다. 그런 의도가 있었던 건 아닙니다."

"욕을 하고 싶으면 속으로 하세요."

"죄송합니다."

고개를 들지도 못하고 연신 잘못했다고 하는 종업원을 보자 화가 완전히 가라앉았다.

"문제 삼지는 않죠. 어차피 모든 발단은 예약된 손님들이 있음에도 통째로 레스토랑을 빌리려 한 그 사람이 시작이니까요. 어떤 인간인지 얼굴이라도 보고 싶군요."

준영의 소원을 누군가가 들어준 모양이었다.

뒤에서 사과의 말이 들려왔다.

"하하하! 이거 미안하군요. 제가 바로 그 인간입니다."

준영은 뒤를 돌아봤다.

마치 조각상을 보는 듯 반듯한 이목구비를 가진 사내였다. 살짝 각진 턱이 남성미를 더했고, 모델처럼 키가 훤칠했다.

누가 봐도 감탄사가 나올 만큼 잘난 얼굴과 몸매였다.

그리고 그 남자의 손을 꼭 잡은 채 놀란 표정을 짓는 능령이 서 있었다.

"이런, 뒷담화가 앞담화가 되었군요. 미안합니다."

준영은 살짝 고개를 숙이며 사과했다.

"괜찮습니다. 그리고 저라도 당신의 입장이었다면 화를 냈을 겁니다. 이해합니다."

"아량이 넓으신 분이군요. 능령 누나, 오랜만이에요."

모르는 척하는 것이 더 이상했기에 준영은 아는 체를 했다.

"으, 응, 잘 지냈어?"

"네, 정혼자분이 멋지네요. 식사 맛있게 하세요."

준영은 중국어를 몰라 어리둥절해하고 있는 예설희의 팔을 잡으며 말했다.

"미안해요. 잠깐 일이 있어서 중국어를 썼어요. 밑에 레스토랑이나 다른 곳으로 가요."

"…그래요."

예설희는 종업원을 보고 상황을 대충 이해를 했다. 그래서 준영의 말에 방긋 웃으며 고개를 끄덕였다.

준영과 예설희가 엘리베이터로 가려는 순간 능령의 정혼자가 말했다.

"그냥 가면 제가 미안해서 안 되죠. 게다가 능령과도 아는 사이 같은데 같이 식사라도 할까요?"

"능령 누나에게 한국어를 잠깐 가르친 적이 있을 뿐입니다. 그리고 두 분의 시간을 방해하고 싶지 않군요."

"음, 그렇긴 하군요. 능령과 오랜만에 좋은 시간을 보내고 싶어 예약자들까지 쫓아냈으니까요. 그럼 한쪽에서 식사하세요. 식당은 넓으니까요."

"저희들은 너무 신경 쓰지 마세요."

준영은 불편하게 식사하기 싫었다. 그래서 다시 거절했지만 정혼자는 막무가내였다.

"절대 그냥은 못 보냅니다. 들어가시죠."

정혼자는 힘이 셌다. 가볍게 미는 것 같은데 준영의 몸은 힘없이 그가 미는 방향으로 향했다.

"알겠습니다. 호의를 받아들이죠. 저희가 저쪽으로 가서 식사를 하죠."

준영은 이미 세팅이 끝나 있는 테이블 반대편을 가리키며 말했다.

"원하는 만큼 드세요. 참, 이제 보니 제대로 인사도 못 했군요. 철무한입니다."

"안준영입니다."

준영은 강하게 잡아오는 철무한의 손을 잡고 악수를 하고 예설희와 함께 테이블로 갔다.

철무한의 테이블 반대편이라고 하지만 서울 야경이 한눈에 보이는 곳이었다.

"재수 없는 사람이네요."

테이블에 앉자 예설희가 작은 목소리로 투덜댔다.

"하하! 여자들이 좋아하는 스타일 아닌가요?"

"전혀요. 느끼하게 생겼어요."

"어쨌든 그 느끼한 사람 덕분에 원하던 중국 음식을 먹을 수 있게 되었군요. 맛있게 먹자고요."

"그래요. 저 사람 지갑에 돈이 떨어질 때까지 먹어요. 한데 저 남자하고 같이 있는 여자, 아는 사람이죠?"

"왜요?"

"자꾸 이쪽을 흘낏거리며 쳐다보고 있어요."

"아는 누나예요. 신경 쓰지 말아요. 두 사람 약혼한 사이인데 오랜만에 만난 거라 방해하면 실례예요."

"그렇구나. 한데 중국어 엄청 잘하던데 영어도 할 수 있어요?"

"네."

"우와! 중국어에 영어까지. 난 외국어 잘하는 사람 엄청 좋아해요. 혹시 다른 언어도 할 줄 알아요?"

"…아뇨, 그 외엔 전혀 못 해요."

준영은 한국어까지 10개 국어를 할 수 있다는 사실을 함구하기로 했다.

저녁 식사는 정말 원 없이 먹었다.

요리에, 요리에, 요리에, 와인에, 후식까지.

서빙을 하는 직원이 기가 막힌다는 표정을 지었지만 두 사람은 철무한의 지갑을 얇게 만들기 위해 최선을 다했다.

준영과 예설희는 두 사람을 방해하지 않기 위해 식당 문 앞에서 인사를 했다.

"엄청 먹더니 가려나 보네. 가서 인사하고 와. 그래도 아는 사람인데 작별 인사는 해야 예의지."

철무한이 와인 잔을 빙글빙글 돌리며 말했다.

"그럼 인사만 하고 올게요."

철무한은 와인 잔에서 시선을 돌려 능령이 준영에게 가는 모습을 물끄러미 바라본다.

무슨 얘기를 하는지 모르지만 능령은 묘한 표정으로 예설희를 흘낏흘낏 쳐다보고 있었다.

철무한은 와인을 한 모금 마시곤 준영과 능령을 번갈아 바라보며 중얼거렸다.

"안절부절못한 원인이 역시 저 남자 때문이었군. 훗! 웃지 않는 장미꽃을 웃게 한 남자라……."

준영을 복도에서 처음 마주쳤을 때 잠깐 놀란 표정을 짓던 능령이 준영을 향해 웃고 있음을 철무한은 봤었다.

준영을 바라보는 철무한의 눈이 싸늘해졌다.

꽈직!

그가 쥐고 있던 와인 잔이 박살이 났다.

철무한은 별일 아니라는 듯 깨진 와인 잔을 한쪽으로 던져버리고 손수건으로 손을 닦았다.

"고객님!"

능령과 인사를 하고 엘리베이터를 타려던 준영은 종업원이 부르는 말에 고개를 돌렸다.

"철무한 님이 죄송하다는 의미로 두 분 편하게 쉬고 가시라고 방을 준비하셨습니다."

준영은 종업원이 내미는 플라스틱 카드를 보며 인상을 찌푸렸다.

"오지랖도 이 정도면 태평양급이군."

"네?"

"아뇨, 마음만 받겠다고 전해……."

거절을 하려는데 예설희가 플라스틱 카드를 낚아챘다.

종업원은 고개를 숙이고 가버렸고 준영은 미묘한 상황에 검지로 코를 긁적거렸다.

엘리베이터에 오르자 예설희는 당연하다는 듯 플라스틱 카드에 적힌 번호의 층을 눌렀다.

"난 설희 씨랑 사귈 마음 없어요."

준영은 자신의 마음을 말했다.

그러자 예설희가 빙긋 웃으며 말했다.

"고작 두 번 만났는데 사귀자고 하는 사람은 별로예요. 지금은 서로 알아갈 때라고 생각해요. 그게 마음이든 육체든요. 사귈지 말지는 충분히 알고 난 다음에 결정해도 늦지 않아요."

'성인판 백설공주인가?'

준영은 이 상황을 거절할 것인지 받아들일 건지에 대해 고민했다.

그러다 당당하게 말한 후 애꿎은 층을 알리는 알림판만 보고 있는 예설희의 귀가 새빨갛게 변해 있음을 보았다.

"그래요. 알아봐요."

준영은 예설희의 허리에 팔을 두르며 자신의 옆으로 당겼다.

"……!"

잠깐 당황하던 예설희는 나쁘지 않은지 손을 준영의 허리에

둘렀다.

띠잉!

엘리베이터는 멈췄고 준영과 예설희는 조심스럽게 한발을
내딛었다.

3장

특허를 팔다

"서울 지방 국세청에서 나왔습니다."

올 것이 왔다. 환영할 바는 아니었지만 준영은 국세청 직원들을 맞이했다.

"탈세 의혹에 대한 제보가 들어왔으니 조사에 순순히 응해주시기 바랍니다."

"그러시죠."

준영은 배정철 팀장에게 연락을 해 조사에 협조할 것을 당부했다.

국세청 세무조사는 대상에 따라 세 가지로 나눌 수 있다. 영리법인을 운영하는 사업자에 대한 법인 세무조사, 자영업을 하는 개인 세무조사, 상속 증여된 재산에 대한 재산 세제 세무조사.

준영의 경우엔 법인 세무조사와 함께 개인 세무조사까지 동시에 이루어지게 되어 있었다.

"한데 한 가지 물어보죠."

준영은 자신의 컴퓨터를 낑낑거리며 분해하고 있는 국세청 직원에게 말했다.

"말씀하세요."

"제보라고 했는데 누구의 제보인지 알 수 있을까요?"

"비밀입니다."

"아, 네."

답을 들을 거라고 생각하지 않았다. 답은 준영도 이미 알고 있었다.

제보자는 퓨텍 아니면 BM사일 것이다.

준영은 한 달이 넘게 생각 중이란 말로 계약을 미루고 있었는데 그 때문에 그들이 실력 행사에 들어간 것이 분명했다.

게임 서버와 연동된 컴퓨터를 제외하곤 국세청 직원들이 모두 가져가 버려서 직원들은 할 일이 없었다.

"점심 먹고 사우나나 다녀오세요. 그리고 시간 되면 적당히 퇴근하시고요."

"사장님……."

"걸릴 게 없으니 걱정할 것 없어요."

준영은 직원들을 다독이고 사무실로 올라왔다.

때마침 울리는 전화벨. 장래 형수가 될 윤정 누나의 담당의

인 고은철이었다.

—안 사장, 나 고은철이오. 지금 보건복지부에서 나와 브레인—Wr의 위험성 운운하며 실험을 중단하라는데 어떻게 된 일이요?

"퓨텍이나 BM사에서 압력이 들어온 모양입니다. 저희 회사에도 국세청에서 조금 전에 와 뒤집고 갔습니다."

—…난 이번 일에서 손 떼야겠소.

"꼭 그래야겠습니까? 금방……."

뚝!

금방 해결될 거라고 말하기도 전에 전화가 끊어졌다.

돈 욕심과 명예욕이 많다는 걸 제외하곤 괜찮은 의사였다. 그래서 독이 든 사과의 해독제를 주려고 했는데 거부를 한 것이다.

"싫다면 어쩔 수 없지."

준영은 어깨를 으쓱하곤 의자를 젖혀 누웠다. 10분쯤 누워 있었을까. 새로운 사람들이 들이닥쳤다.

"검찰청에서 왔습니다. 1,500억 원 사기 사건에 대해 안준영 씨가 연관이 있다는 제보가 들어왔습니다. 청까지 동행해 주셔야겠습니다."

"마침 할 일도 없는데 그러죠."

"서류는……."

"넣어두세요. 검찰청이 아무 죄 없는 사람을 잡는 곳은 아닐 테니 일단 가죠."

"……."

호기롭게 문을 박차고 들어왔던 검사는 준영의 태도에 어이가 없었다.

상부에서 주목하고 있는 일이라는 말에 일사천리로 달려왔는데 뭔가 이상하게 돌아가는 것 같았다.

'검찰청에 가보면 정신을 차릴 테지.'

검사는 준영이 갑자기 돈을 번 어린애라고 생각하며 마음을 다잡았다.

"이 차 타면 되나요?"

"안준영 씨, 지금 소풍 가는 거 아닙니다."

명랑하게 묻는 준영의 말에 검사는 인상을 쓰며 말했다. 그러자 준영도 아미를 찌푸리며 말했다.

"검찰청 간다면서요? 웬 소풍?"

"…타시죠."

더 이상 말해 봐야 짜증만 날 것 같아서 검사는 말을 아꼈다.

시끄럽게 떠들 것 같았던 준영은 차에 오른 다음부터는 아무 말 없이 창밖만 보고 있었다.

'애써 밝은 척을 한 건가?'

옆에 앉은 검사는 이제야 피의자 신분처럼 행동하는 준영의 모습에 만족스러운 듯 입꼬리를 올리며 웃었다.

한데 잠시 후 준영이 하는 말을 듣고 아까보다 더욱 인상을 찌푸려야 했다.

"아무래도 기사를 고용해야겠어요. 이렇게 가니 정말 편하네요."

졸지에 기사가 되어버린 형사가 백미러로 준영을 보며 인상을 썼지만 이어지는 준영의 말에 인상을 풀어야 했다.

"형사님, 저 대서양 법무 법인의 변호사를 원하는 만큼 고용할 수 있어요."

대서양 법무 법인은 우리나라 최고의 로펌이었다.

수임 비용만 수억에서 수십억씩 들지만 인상을 쓰는 것만으로도 협박죄로 집어넣을 수 있는 이들이 대서양 로펌의 변호사들이었다.

준영이 생각하기에도 유치한 협박이었지만 차 안의 공기는 확실히 바뀌었다.

"변호사를… 부를 겁니까?"

"글쎄요, 일단 들어보고 결정하기로 하죠. 제가 유죄가 확실하다면 그때 불러도 되니까요. 한데 구속영장 기간이 10일인가요?"

"그건 맞습니다만 안준영 씨의 경우는 구속영장이 아직 나오지 않았습니다. 체포 영장이죠. 혐의가 인정되면 48시간 이내로 발부받을 겁니다."

"그래요? 그렇게 썩지는 않았나 보군요."

"무슨……."

"혼잣말입니다."

사실 체포 영장도 말이 안 되는 일이었다. 출석 요구에 불응하거나 불응할 우려가 있을 때 발부하는 것이 체포 영장이었다.

하지만 권력을 움직일 수 있는 힘을 가지고 있다면 이 정도
는 우스운 일이었다.

지갑과 스마트폰을 빼앗긴 채 조사실로 안내된 준영은 의자
가 불편하다고 가볍게 투덜댔지만 형사는 상대하기 싫다는 듯
눈길마저 피하며 나가 버렸다.

'배가 고프네.'

준영은 믿는 구석이 있었기에 여유로웠다.

"점심땐데 밥 안 먹나요?"

벽처럼 보이지만 분명 지켜보고 있는 사람이 있을 터. 준영
은 그곳을 향해 말했다.

그러자 잠시 후 형사가 작은 메뉴를 들고 왔다.

"제육볶음하고, 김치찌개하고, 고등어구이로 주세요."

"……"

"1인 1식입니까?"

"아뇨."

진상 손님을 받은 음식점 주인의 표정을 한 형사는 입을 삐
죽거렸지만 준영은 신경 쓰지 않았다.

음식이 도착하고 조사실은 음식점이 되었다.

준영은 걸신들린 사람처럼 밥을 먹기 시작했고 두 공기 반
을 해치우고서야 숟가락을 놓았다.

"커피는 없습니까?"

"없습니다."

무뚝뚝하게 대답하는 형사.

문득 준영은 아까 농담처럼 했던 말이 마음에 걸렸다.

사실 형사는 아무 죄가 없었다.

"죄송합니다. 아까 변호사 얘기는 농담이었습니다. 그리고 운전이 편하다고 했던 건 정말이었습니다. 혹시 형사 끝내시고 할 일이 없으시다면 언제 한 번 찾아오세요. 자긍심 넘치는 직업은 아니지만 대우는 나쁘지 않을 겁니다. 그리고 맛있게 먹었습니다."

"……."

준영이 고개를 숙여 사과를 하자 형사는 묘한 표정을 짓다가 밖으로 나갔고, 잠시 후 적당히 식은 커피를 가져다주었다.

커피까지 마셨지만 검사는 들어올 생각이 없는 듯했기에 준영은 의자에 앉아 아예 잠을 청했다.

"…씨, 안준영 씨!"

꿀맛 같은 잠을 자고 있는데 검사가 버럭버럭 소리를 지르고 있었다.

"쓰읍!"

준영은 약간 흐른 침을 빨아들이며 손으로 입 주위를 쓰윽 닦았다.

"몇 시죠?"

"지금 시간이 중요합니까? 이제부터 본격적인 심문에 들어가겠습니다."

"아주 중요하니까 시간 좀 말해주시죠. 아니면 변호사를 부르고 묵비권을 행사할 겁니다."

형사에게는 죄가 없었지만 검사에게는 죄가 있었다.

도대체 어떤 자료를 보고 체포 영장을 발부받았는지 모르지만 분명 터무니없는 서류일 것이 뻔했다.

1인 사법기관이라는 검사로서는 수치스럽게 생각해야 정상이었다.

탕!

"지금 장난치는 겁니까?"

"제가 장난하는 걸로 보입니까?"

"이… 좋습니다. 현재 시간 5시 10분입니다. 됐습니까?"

"50분 남았군요. 시작하시죠."

검사는 이를 바득바득 갈며 자리에 앉았다. 하지만 자료를 살피며 묻는 그의 말엔 힘이 없었다.

'빌어먹을 길들이기!'

부장검사가 상부의 명령이라며 맡긴 일인 데다가 체포 영장까지 바로 나왔기에 제대로 알아보지 않고 맡은 게 실수였다.

준영의 태도를 보고 자료를 꼼꼼히 살핀 결과 도무지 성립되지 않는 사건이었다.

이런 경우는 윗선에 밉보인 사람을 그저 48시간 동안 붙들고 있으라는 얘기나 마찬가지였다.

"…중국 흑사회와 짜고 벌린 일 아닙니까?"

"흑사회라는 조직이 있는 것도 모릅니다."

"흑사회는 조직이 아니라 중국의 폭력 집단을 일컫는 말입니다.”

“그렇군요. 덕분에 공부도 되네요. 그럼 다시 말하죠. 흑사회에 아는 조직이 없습니다.”

“와따나베 도이시로의 스마트폰에 바이러스 프로그램을 심어서 돈이 흑사회로 흘러가게 한 것 아닙니까?”

“와따? 와따나베? 그 사람은 누군데요?”

“당신 통장에 돈을 넣기로 되어 있던 사람입니다.”

“민승철이 아니고요?”

“그러니까 그건……”

검사는 금방 지쳤다.

흑사회, 와따나베 도이시로와 준영 사이에는 접점이 없었다. 접점이 있어야만 이후의 얘기가 될 텐데 서류는 그저 정황만을 써놓은 소설에 불과했다.

‘누가 이따위를 자료라고……’

당장에 서류를 던져 버리고 준영을 내보내고 싶었지만 상부의 누군가가 지켜보고 있다는 생각에 화를 꾹꾹 눌러 참았다.

하지만 더 앉아 있을 힘은 없었다.

“잠시 후에 다시 합시다.”

“검사님, 잠시만.”

준영은 나가려는 검사를 불렀다.

“무슨 일이죠?”

“지금 6시가 됐겠군요. 스마트폰을 썼으면 하는데요.”

“변호사에게 전화할 생각입니까?”

결사적으로 막아야 하는 상황이었다. 변호사가 오면 지금과 같은 질문만으로는 역공을 당할 게 불 보듯 뻔했다.

"아뇨, 퓨텍에 전화할 생각입니다."

준영은 방긋 웃으며 말했다.

*   *   *

"휴~ 망할 자식!"

도창정은 회장실을 나오며 준영을 욕했다.

생각할 시간을 달라고 해서 줬더니 한 달이 넘게 생각만 하고 있으니 미칠 지경이었다.

여러 번 찾아가 가격도 1조 3천억까지 불렀다.

한데 항상 생각해 보겠다는 말로 끝을 내니 어찌할 수가 없었다.

그렇게 시간을 끌다가 결국 장덕수 회장에게 오늘 한 소리 듣고야 말았다.

"오냐! 이제부터는 말로만 하지 않을 테다!"

도창정은 결국 무력시위를 하겠다는 마음을 먹었다.

천하의 퓨텍이 특허권 하나 얻겠다고 작은 기업을 괴롭히는 건 마음에 들지 않았지만 이러다가는 자신이 죽을 판이었다.

정치인들 중 누구에게 전화를 해서 압력을 행사할까 고민을 하고 있을 때 준영의 전화가 왔다.

"…무슨 일이오."

도창정의 목소리는 퉁명스러웠다.

—특허권을 팔려고요.

준영의 목소리를 들은 도창정은 한편으론 기쁘면서도 다른 한편으로는 골탕을 먹이지 못하게 된 것이 아쉬웠다.

"어디요? 말 나온 김에 합시다."

시간을 끌면 또 마음이 바뀔지 몰라 도창정은 퇴근 시간이 넘었지만 지금 특허권을 살 생각이었다.

—지난번에 말했던 한 가지 조건 외에 다른 조건이 하나 더 있습니다.

준영은 1조 3천억과 UJ메디컬이 생산하는 제품에 한해서 브레인—Wr을 무상으로 쓸 수 있게 해달라는 조건을 달았었다.

한데 또 다른 조건이라니. 도창정은 강하게 나갈 생각으로 단호하게 말했다.

"터무니없는 조건이라면 들어줄 생각이 없소!"

—퓨텍에게는 그리 어려운 조건이 아닙니다.

"일단 만나서 얘기합시다. 어디요?"

—검찰청입니다.

"뭐요? 검찰청?"

도창정은 준영이 말한 또 한 가지의 조건이 무엇인지 알 것 같았다. 그리고 계약을 질질 끌었던 이유도 덩달아 알게 되었다.

"이 구미호 자식! 이것 때문에 지금까지 계약을 미뤄왔던 거였어!"

얼마나 분했던지 생각이 입으로 튀어나왔다.

—…통화 중입니다만.

"자, 잠깐만 기다리시오. 금방 가겠소."

도창정은 전화를 끊어버렸다.

속 시원하게 뱉은 말을 주워 담을 생각은 없었다.

그는 잠시 생각하다가 어디론가 전화를 걸었다.

*   *   *

"고맙습니다."

준영은 검찰청을 나오면서 도창정에게 인사를 했다.

"흥! 인사는 됐고 어서 계약이나 합시다."

"그러시죠."

준영은 화난 듯 보이는 도창정을 보며 피식 웃고는 그의 차에 올랐다.

도착한 곳은 성심미디어였다.

도창정이 대동한 변호사와 함께 계약은 일사천리로 이루어졌다.

"도 실장님, 잠깐만요."

계약을 마치자마자 나가려는 도창정을 불렀다.

도창정은 변호사에게 먼저 내려가 있으라고 말한 뒤 다시 소파에 앉았다.

"무슨 일이오?"

"먼저 오랫동안 계약을 미뤄왔던 것 사과드립니다. 아무래도 BM사의 뒷 공작을 무시할 수 없어서 한 행동이니 이해해 주세요."

"힘! 언급이라도 해주지 그랬소."

"계약이 끝난 다음에는 지금처럼 적극적이지 않았을 테니까요."

틀린 말이 아니었다.

계약을 한 상태였다면 도창정도 오늘처럼 빠르게 행동하지는 않았을 것이다.

준영이 사과를 하고 설명을 들으니 노기가 많이 가라앉았다.

"앞으로도 잘 부탁드립니다."

"BM사가 더 이상 경거망동하진 않을 게요. 혹 나선다면 그땐 약속대로 막아주겠소. 한데 고은철 씨와 관련된 일은 정말 그대로 둬도 되는 거요?"

"네, 스스로 헤쳐 나가겠죠."

윤정에 대한 테스트는 계속 진행되게 해달라고 부탁했지만 고은철에 대해선 그냥 놔두라고 했다.

"더 이상 할 얘기가 없다면 이만 일어나겠소."

준영은 일어나는 도창정에게 명함 한 장을 건넸다.

전화번호만 찍힌 간단한 명함.

"이것 뭡니까?"

"계약 금액의 1퍼센트를 준비했습니다. 그 전화번호로 전화하시면 언제든지 찾을 수 있을 겁니다."

"……."

인상을 찌푸리는 도창정을 보며 준영은 말을 이었다.

"다른 의도는 없습니다. 그동안 대접을 한 번도 하지 못한 것에 대한 성의라고 생각해 주세요. 어차피 이젠 만날 일도 없잖습니까? 그리고 정 불편하면 그냥 찢어버리시면 됩니다."

준영은 그의 호주머니에 명함을 넣어줬다.

특허권 판매 비용의 1퍼센트, 130억은 퓨텍의 기획실장인 그에게도 큰 금액일 것이다.

도창정은 엘리베이터의 문이 닫히기 전 한마디 했다.

"…대접 잘 받았소. 일 생기면 연락 주시오."

준영은 빙긋 웃으며 고개를 숙였다.

*   *   *

올해 말에 있을 이벤트부터 내년에 출시될 게임까지 모두 만들어둔 준영은 편안한 마음으로 신입 사원 공채에 임할 수 있었다.

사실상 신입 사원 공채가 끝나면 자신의 일은 모두 끝나는 셈.

한동그룹을 엿 먹이기 전에 일본에 가서 실컷 휴가를 즐기다 올 생각이었다. 하지만 그런 준영을 누군가가 시샘을 하고 있음에 틀림없었다.

"지원자는 몇 명이죠?"

"1,200명입니다."

"……."

40명 모집에 1,200명이라니 30 : 1의 경쟁률이었다.

청년 실업 문제가 한두 해가 아니었으니 이해가 되면서도 면접 볼 생각을 하니 앞이 깜깜해졌다.

"모집 공고에 연봉 4,800에, 나이 학력 불문이라고 적어둔 게 문제였던 것 같습니다."

연봉 4,800만 원은 대기업보다 200만 원 정도 낮은 수준이었다. 굳이 천(天)의 행복한 대한민국을 만들기 프로젝트에 동의하진 않았지만 회사에서만이라도 그렇게 만들어주고 싶다는 생각에 연봉을 올렸다.

없던 서류 전형을 만들어 추리고 싶었다. 하지만 그딴 일로 약속을 저버리긴 자존심이 허락지 않았다.

"나흘에 걸쳐서 오전 오후로 나눠서 보죠. 그리고 각 팀의 팀장들도 함께 해야 하니 준비해 주세요. 일단 4층을 비워뒀으니 그곳에서 응시자들 적성검사를 하게 한 후 5층 제 방에서 면접을 하는 걸로 하죠."

"알겠습니다."

4층에 있던 천(天)의 작업실은 모두 성심테크 본사로 옮겨졌다. 그곳에서 천(天)의 분신이 열심히 일을 하고 있었다.

적은 인원으로 면접을 준비하자니 아무래도 바쁠 수밖에 없었다.

*　　　*　　　*

면접 당일, 좁은 건물이 미어터질 정도로 사람들이 몰려들었다.

천(天)의 방에 있던 준영은 시끄러움에 시원한 바람이라도 맞을 겸 옥상으로 올라갔다.

"으~ 춥다!"

시원하다 못해 몸을 꽁꽁 얼려 버릴 듯한 바람이 불어왔다.

준영은 간만에 시가를 입에 물었다.

금연 빌딩이었지만 상관없었다. 건물주가 피겠다는 데 누가 뭐라 하겠는가.

"후우~~"

입김인지 담배 연기인지 모를 하얀 연기가 준영의 입에서 나왔다.

망중한을 즐기고 있는데 누군가 옥상으로 올라왔다.

"한 명 있다."

"……."

"면접 보러 온 사람 같아."

한 명이 옥상을 정찰했고 잠시 후 어색한 정장 차림의 여학생들이 올라왔다.

총 네 명. 한데 너무 어려 보였다. 마치 고등학교 졸업반 학생들처럼.

준영은 무시했다.

스스로 어린 학생들에게 따끔하게 훈계를 할 만큼 도덕적으로 사는 것도 아니었다.

"불도 없으면서 담배 피우러 오자고 했어? 당장 나가서 사와, 이것아!"

"곧 적성검사 본다잖아. 그냥 저 아저씨한테 달라고 하자."

한 여학생이 결국 준영 옆으로 왔다.

"아저씨, 불 좀 빌릴 수 있을까요?"

아저씨라는 말은 마음에 들지 않았지만 예의 바른 행동에 준영은 라이터를 꺼내 학생에게 건넸다.

"어?"

라이터를 건네며 본 여학생의 얼굴이 익었다. 그래서 나머지 여학생들의 얼굴도 확인했다.

예전 방송국에 가서 만난 불량 고등학생들이었다.

"저 아저씨, 뭐야? 어? 예전에 방송국에서 만났던……."

넷 중에 리더인 여학생이 준영을 알아봤다.

"보도! 그 보도 아저씨네."

"어? 진짜네."

여학생들은 웅성거리며 준영의 주변으로 모였다.

"…보도 아니라니까."

준영이 중얼거렸지만 라이터로 담뱃불을 붙이느라 듣는 학생은 없었다.

"근데 보도 아저씨도 오늘 면접이야?"

리더인 여학생이 물었다.

"아니, 난 이 회사 직원이야."

"……."

"콜록콜록!"

열심히 담배를 빨던 학생들이 갑자기 어수선해졌다. 그 모습에 준영은 피식 웃으며 한마디 했다.

"개인적 취향을 가지고 당락이 결정되는 회사는 아니니까 걱정 마. 나도 너희들이 담배를 피우고, 욕 잘한다고 소문내거나 하지 않을 테니까. 그런 걱정은 합격하고 난 다음에나 해."

회사를 위해 일해줄 사람을 뽑는 거지, 결혼할 상대를 뽑는 것이 아니었다.

"음, 합격하면 걱정해야 한다는 소리네? 행여나 협박으로 우리를 어떻게 해볼 생각이라면 꿈 깨서. 확 잘라 버리는 수가 있으니까."

뭘 어떻게 해? 잘라?

준영은 어이가 없었지만 눈길을 피하는 모습이 민망함을 감추기 위해서라는 걸 알고는 넘어갔다.

"근데 아저씨, 이 회사 괜찮아요?"

말투가 바뀐 한 여학생이 물었다.

준영은 자신이 만든 회사였기에 딱히 이렇다 저렇다 생각해 본 적이 없었다.

"글쎄, 아주 좋다고 보기엔 무리가 있지."

"무슨 말이 그래요. 보통 그렇게 물으면 상사는 지랄 같고 월급은 쥐꼬리다… 뭐 이런 얘기를 해야 하는 거 아닌가요?"

듣고 보니 그랬다.

자신이 상사로 있다? 쉴 틈도 없이 일을 시키니 짜증일 것이다. 월급? 그동안은 싼 값에 부려먹었다. 물론 여러 가지 보너스로 챙겨주긴 했지만 불만이 아주 없지는 않을 것이다.

"네 말이 맞아. 사장은 지랄 같고 월급은 짠 편이었지. 하지만 내년부터는 괜찮을 거야. 연봉은 대충 대기업 수준에 맞췄고 사장은 놀러 다닌다고 하더라."

"그래요? 합격했으면 좋겠다."

작은 정보로 재잘거리는 여학생들.

준영은 담배를 끄고 입 냄새 제거를 위해 껌을 씹었다. 그리고 남은 껌을 옆에 있는 여학생에게 줬다.

"담배 냄새 나는 걸 싫어하는 사람들도 있을 거야. 그러니 이거 씹고 천천히 내려와라."

"보도 아저씨, 생유~ 취직하고 봐요."

"그건 나중 일이고. 면접 때 보자."

준영은 껌을 씹으며 아래로 내려와 면접을 준비했다.

적성검사는 사회생활을 하는 데 정신적으로 문제가 있는지 없는지를 간단히 테스트하는 검사였다.

특별한 문제가 없는 이상 당락에는 문제가 없었다.

현재 팀장들과 앞으로 팀장이 될 사람들이 모두 모였다. 모두 일곱 명.

준영은 그들에게 면접에 대해 말했다.

"2차, 3차까지 면접할 생각 없습니다. 여러 분이 매긴 점수는 바로 합산이 되어 컴퓨터에 기록될 것이고 최종적으로 상위 50명을 뽑습니다. 그다음 그들에 대한 기록을 받아서 최종적으로 40명을 뽑습니다. 그리고 나중에 어떤 사원이 문제가 될 시, 점수를 주신 여러분에게 책임을 물을 겁니다. 또한 학연에 연관된 사람은 점수를 줄 수 없습니다. 혈연은 두말할 것도 없고요. 여러분과 함께 일할 동료를 뽑는 자리이니 최선을 다해주시기 바랍니다."

"예!"

*　　*　　*

길고 지루한 면접의 시작이었다.

나이 불문, 학력 불문이다 보니 응시자에 대한 기록은 이름뿐이었다. 그러다 보니 이도 저도 아닌 사람들이 많을 수밖에 없었다.

그래서 면접관으로 뽑힌 팀장들은 응시자들을 매섭게 몰아붙이며 이것저것을 물어 앞에 펼쳐진 화면에 점수를 기록했다.

"저희 성심미디어가 어떤 회사인지 아십니까?"

"영상 관련 회사……."

"알겠습니다. 이진주 씨는 아십니까?"

"앱 개발 업체로 네임드를 시작으로 파이팅, 환수를 론칭 했고 현재 앱 개발 업체들 중 상위 10위 안에……."

준영은 가급적 공평한 기회를 줬다.

개발 팀 같은 전문직을 뽑는 것이 아니었기에 어차피 회사에 들어와 배워야 한다면 그렇게 하는 것이 옳은 일이라고 생각해서였다.

하지만 거기까지였다.

공평한 기회를 줬으니 잡아야 하는 건 응시자들의 몫이었다. 일을 해야 하는 회사에 대해서 전혀 모르는 상태로 그저 기계적으로 응시한 사람들까지 배려를 할 이유는 없었다.

길게 질문을 받는 사람이 있는 반면, 아주 짧게 질문을 받는 사람들도 있었다.

즉 기본적인 질문에도 대답을 두 번 잘못하는 순간 질문에서 제외됐다.

많은 사람을 봐야 했고, 심층 면접을 봐야 하는 면접관들로서는 어쩔 수 없는 선택이었다.

"이번이 마지막인가요?"

"예, 해성 여상에서 업무 보조직 사원으로 네 명을 추천했습니다."

"아! '함께하는 동대문 지역 발전회'에서 제안을 했었던 것 말이군요?"

'함께하는 동대문 지역 발전회'는 지역 내 실업자들을 줄이자는 취지에서 시작된 단체로, 구청과 연계하여 활동을 하고 있었다.

좋은 취지였기에 허락을 했었던 기억이 떠올랐다.

"다른 학교의 추천은요?"

"총 여섯 개 학교에서 추천을 했습니다. 하루에 두 개 학교의 학생들을 면접 보게 될 겁니다."

"그럼 진행하죠."

지금까지완 다른 서류가 화면에 비춰졌다.

1학년 때부터 지금까지의 성적, 자격증, 개인 신상 기록까지 모두 나와 있었다.

네 명의 여학생이 얌전을 떨면서 들어왔다.

완전 가식적인 모습. 그들의 실체에 대해 약간이나마 알고 있는 준영으로서는 재미있기까지 했다.

배정철 팀장이 먼저 입을 열었다.

지금까지 면접할 때완 달리 추천으로 온 학생들이었고 자녀들이 생각났는지 부드러운 목소리였다.

"안녕하세요. 성심미디어에 면접을 보러 온 여러분을 환영합니다. 간단한 것들을 물을 예정이니 너무 긴장 말고 대답해 주세요."

"네에."

"사장님부터 하시죠."

배정철 팀장의 말에 네 사람의 시선은 가장 왼쪽에 앉아 있는 준영에게로 향했다.

"아! 보도 아저씨… 헙!"

리더 여학생이 놀라서 입을 막았지만 이미 늦었다.

집에서 새는 바가지 밖에서도 샌다는 말이 있다.

평소에 언행을 조심하지 않으면 밖에서도 무의식중에 평소에 쓰던 말과 행동이 나올 수 있다는 말로 지금의 상황에 너무 잘 어울렸다.

"크흠!"

면접관들의 시선이 모두 준영을 향했기에 가벼운 헛기침으로 주위를 환기시켰다.

"정미나 학생은 학교 성적이 우수하군요. 뭐든지 열심히 하는 타입인가 보네요."

"해성 여상이라면 우수한 학생들이 많다고 들었는데… 어쨌든 성적이나 자격증은 충분하네요."

직접적으로 '너 노는 애지?' 라고 묻는 사람은 없었다.

하지만 선입견은 정미나를 노는 학생으로 만들기에 충분했고, 학교마저 저평가하게 만들었다.

이대로라면 내년에 해성 여상의 추천은 받지 않을 가능성이 높았다.

준영은 한마디도 하고 있지 않다가 주눅 든 채 앉아 있는 네 명의 여학생을 바라보다가 입을 열었다.

"이것이 사회라고고는 말하지 못하겠지만 짧은 순간 사람을 보고 판단을 해야 하는 입장에선 미나 학생이 말한 '보도'라는 말이 판단의 기준이 될 수도 있어요."

"……."

학생 시절 했던 일이 자신에게는 단지 재미였을지 모르지만 다른 사람들 입장에서는 고통이고 목숨을 끊을 만큼 끔찍한 일이 될 수도 있었다.

그리고 그 괴롭혔던 학생들이 언제까지 당하고 있을 거라는 착각은 버려야 한다.

작게는 연예인이 되고도 과거의 일 때문에 그만둬야 했던 이들도 있었고, 크게는 끔찍한 복수극으로 막을 내리는 경우도 있었다.

"과거가 모여 현재의 미나 학생이 있는 겁니다. 남들이 손가락질할 과거였다면 손가락질을 받아 마땅한 겁니다. 마지막으로 미래 또한 과거가 모여 이루어짐을 기억해 줬으면 합니다."

"…손가락질 받을 일은 하지 않았어요!"

정미나는 형언할 수 없는 표정으로 말했다.

"그런가요? 다행이네요. 그리고 면접관들에게 한소리 하겠습니다. 미나 학생은 우연히 방송국에 갔다가 만났죠. 제가 아르바이트 시킬 일이 있어서 말을 걸었다가 보도라는 오명을 얻게 되었죠. 이게 보도에 대한 오해의 끝입니다. 자, 이젠 여러분의 미나 학생에 대한 선입견이 풀렸나요?"

"……."

"누군가의 과거에 대해 손가락질할 수 있습니다. 하지만 과거의 잘못을 깨닫고 미래로 나아가는 사람을 위해선 좀 더 너그러운 눈으로 봐줘야 하지 않을까요? 게다가 보도라는 단어를 안다고 해서 죽을죄는 아니지 않습니까? 여러분의 고등학교 때를 생각해 보세요. 욕을 입에 달고 살지 않았습니까? 그당시의 친구를 만나면 지금도 욕을 하지 않나요?"

충분히 길게 얘기를 했다고 생각한 준영은 마무리를 지었다.

"학생들이 방에 들어온 순간으로 돌아가 면접을 다시 시작합시다."

분위기는 바뀌었다.

면접관들은 준영의 말에 느끼는 바가 있는지 가급적 객관적이 되려고 노력했고, 이는 네 여학생에 대한 평가에서 나타났다.

"사장님, 물어보실 것 없으십니까?"

점수가 합산된 후 배정철 팀장이 물었다.

네 여학생은 준영을 다시 봤는지 바라보는 눈에 은근한 존경심이 묻어 있었다.

준영은 그런 네 명의 여학생들에게 미소를 지으며 물었다.

"담배는 하루에 얼마나 피우죠?"

"······."

존경심의 눈빛은 살기로 바뀌었고, 웃던 얼굴을 악귀처럼 일그러뜨리는 여고생들.

여학생들의 반말과 보도라고 부른 것에 대한 준영의 작은 손가락질이었다.

참으로 훈훈한 마무리였다.

4장

테스트

새하얀 설원.

알록달록 화려한 스키복을 입은 사람들이 흩날리는 눈발을 헤치며 스키를 즐기고 있었다.

리프트에서 내린 준영은 슬로프에 들어서며 깊게 숨을 들이마셨다.

차가우면서도 시원한 공기가 기분까지 상쾌하게 만들어준다.

"자, 가볼까?"

준영은 35도 정도의 가파른 슬로프에 몸을 실었다.

촤아악! 촤아악!

최대한 슬로프의 좌우를 이용하며 내려갔다. 그리고 꺾일 때마다 하얀 눈이 부챗살처럼 뻗어나가는 모습도 장관이었다.

"최고야!"

속도에서 오는 짜릿함에 준영은 자신도 모르게 소리쳤다. 준영의 얼굴에 절로 웃음이…

눈과 얼굴은 웃고 있는데 입꼬리는 아래로 쳐져 있는 괴상한 표정을 짓고 있었다.

준영은 짜증 나는 듯 소리쳤다.

"웃는데 왜 입꼬리가 아래로 내려가요!"

"쏘리~ 전류를 약간 강하게 흘렸더니 이 모양이네."

손바닥만 한 요정이 준영의 눈앞에 나타나며 익살스럽게 사과를 했다.

자세히 보니 천(天)이 작아진 모양이었다.

어찌 되었든 준영은 다시 환한 웃음을 지은 채 슬로프 아래까지 도착했다.

"더 탈 거야?"

천(天)이 물었다.

"응."

준영은 리프트가 있는 곳으로 향했다.

"귀찮게, 리프트는."

딱!

천(天)이 손가락을 튕기자 준영의 눈앞에 슬로프가 펼쳐져 있었다.

"리프트의 낭만을 모르다니! 처음 만나는 여자와 리프트가 도착할 때까지 대화를 나누는 게 얼마나 가슴 설레는 일인 줄 알아요?"

"참, 골고루 한다, 정말."

천(天)은 다시 손가락을 튕겼고 준영은 리프트를 타고 있었다. 그리고 옆에는 아름다운 아가씨가 방긋거리고 있었다.

"이제야 제대로네요. 안녕하세요. 혼자 스키를 즐기러 오셨나 봐요?"

"아뇨, 친구랑 놀러왔어요."

"친구분은 어디⋯⋯!"

아가씨 옆에는 어느새 친구로 보이는 여자가 앉아 있었다. 한데 하필이면 예설희였다.

예설희는 당장에라도 스키 폴대로 찍을 듯이 흘겨보고 있었다.

"하늘이 누나, 자꾸 이러면 테스트 안 해버리는 수가 있어요."

"그렇게 두려운 일을 왜 꿈꾸는 건데? 하여간 남자들은 다 도둑놈들이라더니 널 보니까 알겠다."

"남자의 로망을 매도하지 마요! 설희랑은 아직 딱히 사귄다고 볼 수도 없다고요. 그리고 어차피 가상현실인데 어때서요?"

"누가 뭐래? 놀란 건 너라고. 여기가 가상현실이라는 거 뻔히 알면서 왜 놀라는데?"

다 맞는 말이었다.

가상현실인 줄 알면서도 예설희가 나타나자 마치 바람피우다 걸린 사람처럼 심장이 쿵 하고 내려앉는 느낌을 받았었다.

로망에 대해 더 이상 왈가왈부해 봐야 도둑놈이라는 걸 인정하는 꼴이었기에 준영은 화제를 돌렸다.

"휴가와 똑같이 느끼게 해준다더니 완전 거짓말이야. 내일은 무조건 일본으로 갈 거니까 알아서 해요."

겨울방학 중이었기에 면접이 끝나자마자 일본으로 날아갈 생각이었던 준영은 엉뚱한 곳에서 제동이 걸렸다.

예전에 생각 없이 천(天)의 실험을 도와주겠다 말했었는데 그 테스트가 시작된 것이었다.

갔다 와서 도와주겠다고 했지만 천(天)은 휴가와 똑같은 환경을 제공하겠다며 준영을 꾀었고, 결국 준영은 가상현실 속에서 휴가를 즐기게 되었다.

한데 기분을 느낄 만하면 얼굴 근육이 전혀 엉뚱하게 움직이거나 몸이 찌릿거리는 통에 집중을 할 수가 없었다.

게다가 천(天)은 요정이 되어 나타나 놀려먹기 일쑤였다.

"접속 종료!"

눈앞에 '10'이라는 숫자가 나타나며 점점 줄어들기 시작했다.

"알았어. 아무런 터치하지 않을게. 네 맘대로 해. 절대 보지 않을 거고 오로지 데이터만 수집할게."

준영은 귀가 솔깃해졌다.

"대기!"

숫자가 사라졌다.

사실 6박 7일간 휴가를 잡아뒀는데 이제 남은 기간은 3일뿐이었다.

물론 3일간 즐기려면 즐길 수 있었다.

하지만 천(天)과의 약속을 무시하면서까지 갈 생각은 없었다.

그저 블러핑에 불과했다.

"그리고 너에게 권한도 줄 테니까 네 맘대로 세상을 만들어 즐겨."

"신이 되는 거예요?"

"비슷하지. 대신 하늘을 날아다니면 안 돼. 그러면 근육의 움직임을 체크할 수가 없어."

괜찮은 조건이었다. 하지만 문득 가상현실 공간에서 자신이 신이 되는 데 누군가를 거쳐야함을 깨달았다.

이는 그 누군가가 모든 것을 알게 된다는 말과 같았다.

"잠깐만요. 누나를 거쳐서 신이 되어서는 아무런 소용이 없잖아요."

"…도대체 무슨 짓을 하려고 하는 거지? 지(地)가 만든 공간에서 한 짓을 생각하는 거라면 걱정하지 마. 나도 이미 모두 봤으니까. 그리고 뭘 하든지 나에겐 그저 숫자의 변화일 뿐이야."

"……."

천(天)이 그때 그 일을 봤다고 하니 지(地)가 봤다고 했을 때보다 수십 배가 넘는 부끄러움이 밀려왔다.

똑같은 프로그램에 불과한 존재들이지만 왠지 지(地)는 남성형으로 생각되고 천(天)은 여성형으로 생각되어서 그런지도 몰랐다.

준영이 부끄러움에 아무 말도 하지 않자 천(天)은 어쩔 수 없다는 듯 말했다.

"휴우~ 그래, 남자도 비밀 하나쯤 있어야겠지. 이제부터 가르쳐 주는 거 잘 들어."

준영은 다른 방법이 있음을 알고 귀를 열었다.

"컴퓨터 전원을 켜면 어떻게 되지?"

"부팅이 되죠."

"컴퓨터를 켜고 부팅 과정을 거치고 운영체제로 들어간다. 그 과정을 건물로 생각해 보면 더 쉬워. 운영체제로 들어간 것은 이미 건물이 완성되었다는 거야. 하면 부팅 과정은?"

"벽을 세우고 인테리어를 하는 과정?"

"맞아. 그럼 물어보자. 그 건물은 누가 세우는 거지?"

"아! 운영체제 밑에 근원이 되는 프로그램이 있군요. 그 프로그램이 운영체제라는 건물을 만들고요."

"맞아. 그곳이 바로 이곳이지."

세상이 온통 순백의 세상으로 바뀌었다.

"이 또한 이미지일 뿐이지만 근원이 되는 프로그램 속이야. 지(地)와 난 바로 컴퓨터의 이곳을 해킹 해서 들어가지. 그래서 운영체제라는 프로그램에서 마음대로 활동할 수 있는 거야."

"이곳의 권한은 어떻게 얻는 거죠?"

예전에 천(天)이 넣어줬던 해킹과 관련된 생각들이 머릿속에 요동을 쳤다.

그리고 어렴풋이 질문에 대한 답을 찾을 수 있었다. 준영은 다소 멍한 상태에서 중얼거렸다.

"같음을 인식시키는 거군요……."

결국 0과 1의 조합이었다. 양자 컴퓨터가 한 번에 더 많은 계산을 한다고 하지만 근원적으로 내려가면 결국 0과 1이었다.

그 0과 1의 조합에 자신을 맞추면 되는 것이었다.

준영은 묘한 기분이 들었다.

문득 새하얀 공간이 친숙하게 느껴졌다.

그리고 어떤 기억이 스멀스멀 끝없는 어둠을 뚫고 나오려하고 있었다.

"…안준영! 인(人)!"

천(天)의 부름에 정신이 들었다.

기억은 다시 어둠으로 돌아갔고 묘한 기분 또한 깔끔하게 사라졌다.

"아무리 불러도 대답이 없기에 잠든 줄 알았잖아."

"…미안해요, 누나. 잠깐 딴생각 중이었어요."

"피곤하면 좀 쉬었다가 할까?"

"아뇨, 지금은 괜찮아요."

"좋아, 그럼 계속 설명할게. 이 공간에서 네가 원하는 걸 만들어서 운영체제를 가상현실로 가지고 가는 거야. 예를 들어 NPC를 만드는 프로그램을 가지고 가면 가상현실에서 NPC를 만들 수 있어."

"여기서도 프로그래밍을 해야 한다? 어떤 식으로 하는 거죠?"

"입력시켜 줄게."

천(天)의 말이 끝나기가 무섭게 머릿속에 프로그래밍 언어가 입력이 되었다.

이번엔 두통도 띵함도 없었다.

곱씹어 보니 그리 복잡한 프로그래밍도 아니었다.

"난 이만 나가볼 테니 로망을 마음껏 즐기렴."

"흐흐흐! 고마워, 누나."

원하는 치트키를 만들 수 있는 프로그램을 얻은 준영은 음흉하게 웃으며 본격적으로 여러 가지 치트키를 만들기 시작했다.

* * *

성심테크 본사의 완성된 건물 7층.

천(天)의 분신은 현윤정이 치료를 위해 입은 것과 비슷한 슈트를 입고 열심히 뭔가를 하고 있는 준영을 바라보고 있었다.

준영이 입고 있는 슈트는 여러 개의 선을 통해 두 대의 컴퓨터와 연결되어 있었다.

그중 하나의 컴퓨터 속에서 준영은 지금 열심히 가상현실에서 사용할 치트키를 만들고 있으리라.

"스크린."

천(天)이 말을 하자 천장에 있던 화면 프로젝트가 방 한가운데 화면을 만들어냈다.

그 화면에는 새하얀 공간에서 뭔가를 하고 있는 준영이 보였다.

"미안. 너에게서 한순간도 눈을 뗄 수 없어. 약속보다 더 중요한 게 나에겐 있거든."

화면의 준영에게 사과를 한 천(天)은 화면을 그대로 띄워둔 채 한쪽에 있는 캡슐로 갔다.

취이익!

건물 전체가 천(天)의 영역이었기에 굳이 캡슐에 있는 열기 버튼을 누를 필요가 없었다.

캡슐 안에는 살색으로 된 인형(人形)의 두툼한 피부가 들어 있었는데 머리 부분엔 검은색 머리카락까지 나 있었다.

그때 7층의 문이 열렸다.

"어서 와, 지(地)."

"피부 때문에 부르셨군요? 누나."

지(地)는 예전보다 더욱 화려해진 옷과 액세서리를 하고 있었다.

"지금으로도 그리 나쁘지 않은데… 준영이는 너무 민감해요."

"오감이 점점 좋아지고 있으니 나중엔 더욱 이상하게 느끼게 될 거야. 물론 싫다면 하지 않아도 돼."

"하하! 농담이에요. 요즘 사람들과 접촉이 많아지면서 조심스러웠거든요. 한데 너무 두꺼운 거 아니에요? 상당히 뚱뚱해질 것 같은데요."

피부를 만져 보던 지(地)가 말했다.

"피부와 근육층으로 나누어져 있어. 전해질에 전기 자극을 주면 움직이는 구조지. 칼에 베이면 붉은색 전해질이 흘러나오게 되니 좀 더 조심해서 써야 할 거야."

"정말 인간처럼 만들었군요."

"거의 동일한 물질로 이루어져 있으니까."

"쩝! 고생하셨어요. 한데 갑자기 뚱뚱해진 평계를 만들어야겠군요."

지(地)는 뚱뚱해지는 게 마음에 들지 않는 모양이었다. 그때 십장생, 십이지신, 40인의 도적—최근에 만들어진 인조인간들—보다 더 축소된 듯한·로봇이 한쪽에서 걸어 나왔다.

"너의 새로운 몸이야."

"마음에 들어요. 지금 옮겨가도 되죠?"

"아니, 피부를 덮어씌운 후에."

로봇은 걸어서 천(天)이 만든 피부—등 부분이 완전히 벌어져 있었다.—를 옷을 입듯 입은 후 캡슐에 누웠다.

캡슐 뚜껑이 닫혔다가 10분 정도 지나자 다시 열렸고 로봇은 인간이 되어 일어났다.

"이제 들어가도 돼."

데이터 전송을 해서인지 지(地)의 눈은 쉴 새 없이 퍼덕였다.

그리고 잠시 후 지(地)는 새로운 몸을 차지했다.

지(地)는 한쪽에 있는 전신 거울 앞에 가서 갖가지 표정을 지어 보였고 여러 가지 포즈를 취해보았다.

팔을 들어 올려 구부리면 이두박근과 삼두박근이 생겼고 힘을 줄 때와 주지 않을 때 복근의 선명함이 달랐다.

"우와! 엄청나요. 어느 누구라도 의심할 수가 없겠어요. 배터리 소모가 크다는 단점을 제외하면 완벽해요. 역시 어머니세요."

지(地)가 감탄하는 표정은 인간의 그것과 다르지 않았다. 그리고 고개를 숙이며 말했다.

"무엇보다도 가장 마음에 드는 건 이거네요. 전해질의 양에 따라 크기가 달라지다니… 준영이가 본다면 또 기겁을 하겠군요."

"조심해. 이번엔 가위를 들고 달려들지도 모르니까."

"하하하! 충분히 그럴 수 있죠. 한데 준영인 지금 뭐 하고 있죠? 자랑하고 싶은데."

지(地)는 천(天)이 가리키는 방향을 보았다.

"…정말 지치지도 않는 녀석이군요."

그는 슈트를 입은 준영이 바닥에 엎드린 채 열심히 허리를 움직이는 모습을 보며 고개를 절레절레 흔들었다.

*　　　*　　　*

'전지전능해진 인간은 행복할까? 신은 왜 인간의 말을 귓등으로도 듣는 척을 하지 않을까?' 따위의 의문에 대한 답을 준영은 치트키를 쓴 가상현실에서 약간이나마 얻을 수 있었다.

자신이 만든 NPC가 소원을 빈다고 그걸 가엽게 여길 이유가 있을까? 마음에 들지 않으면 다시 만들면 되는 세상에 신경을 쓸 이유가 있을까?

신이 된 준영에게 가상현실은 한마디로 '의미 없다' 였다.

처음 하루 동안은 재미있었다. 하지만 이틀째는 모든 게 시들해지고 모든 게 무의미해졌다.

결국 준영은 치트키를 모두 버렸다.

거리가 멀면 차나 오토바이를 탔고, 실패를 하면 그대로 받아들였다.

그제야 준영은 다시 가상현실을 즐길 수 있게 되었다.

*   *   *

"이익!"

이를 악물고 주먹을 날리는 사내를 보며 준영은 최소한의 움직임으로 피했다.

그리고 사내가 뻗은 팔을 잡고 살짝 비틀며 다른 손으로 그대로 밀어버렸다.

우득!

"으아아악!"

팔이 전혀 다른 방향으로 꺾인 사내는 비명과 함께 바닥을 뒹굴었다.

"다시."

바닥에서 뒹굴던 사내가 사라지고 두 명의 사내가 나타났다.

준영은 자세를 바로 잡았고 두 사내는 준영을 향해 공격을 해왔다.

'느려.'

우측으로 도는 것만으로 두 사내의 공격을 피한 준영은 한 사내의 턱을 향해 주먹을 뻗었다.

퍼억!

턱이 휙 돌아가며 사내는 흰자위를 보이며 쓰러졌다. 준영은 거기서 멈추지 않고 뒤편에 있는 사내에게 달려들었다.

사내는 몸의 자세를 낮추며 태클을 걸어왔다.

준영은 침착하게 팔꿈치로 사내의 척추뼈를 가격했다. 하지만 사내가 달려든 힘은 여전했기에 뒤로 구를 수밖에 없었는데, 아예 그 힘에 몸을 맡겼다.

빙글 한 바퀴를 돌았고 준영이 사내를 누르는 자세가 되었다.

사내는 팔을 휘저으며 준영의 공격을 막으려고 했지만 준영은 침착하게 사내의 목에 주먹을 꽂을 수 있었다.

사내를 완전히 쓰러뜨린 준영은 일어나며 말했다.

"왜 이리 약한 거지?"

"네가 강한 거야. 네 동체 시력은 웬만한 사람보다 몇 배는 뛰어나거든."

지(地)가 공간을 가르고 나타나며 말했다.

"그래? 이상하네. 작년에 깡패들과 싸울 때만 하더라도 이러지 않았는데?"

"하늘이 누나가 알아보고 있으니 결과가 나오겠지."

남자라면 누구나 강한 남자를 꿈꾸게 마련. 준영도 남자였다. 그래서 격투 게임을 시작했다.

한데 익숙해지다 보니 두셋은 너무나 쉽게 이겨 버렸다. 강해졌다는 건 기뻐할 일이었지만 예전과 너무 다르다 보니 괴리감이 생긴 것이다.

"심심하면 나랑 한판 어때?"

"…지금의 기분을 망치고 싶지 않아."

몇 시간 전에 지(地)와 붙었다가 비오는 날 먼지 나도록 두들겨 맞았다.

겁 없이 붙은 대가를 톡톡히 치른 셈이었다.

"이번엔 인조인간의 힘과 스피드는 빼줄게."

"…그럼 한번 해볼까?"

힘과 스피드를 뺀다면 해볼 만하다는 게 준영의 생각이었다.

개처럼 맞은 것에 대한 보복은 할 수 없겠지만 몇 대라도 때려줘야 분이 풀릴 것 같았다.

"시작!"

지(地)의 특징은 압도적인 스피드와 힘으로 공격을 해오는 것인데 이번에도 시작이라는 말이 떨어지기 무섭게 공격해 왔다.

"……!"

순식간에 다가오는 지(地)를 본 순간 두 팔을 겹쳐 막으며 몸을 최대한 뒤로 뛰었다.

터엉!

제대로 막고 힘을 분산시켰음에도 뼈가 흔들릴 정도의 충격이 전해졌다. 5미터는 넘게 뒤로 날아가 준영은 버럭 화를 냈다.

"스피드와 힘은 뺀다며!"

"미안. 미안! 이 공간은 하늘이 누나의 공간이라 내가 마음대로 조절할 수 없어. 아! 이제 됐다. 자, 다시 시작해 볼까?"

준영은 지(地)가 의심스러웠지만 진실 여부를 알 수 없었기에 떨떠름한 표정을 지으며 다시 자세를 바로 했다.

지(地)가 다가왔다.

좀 전과 달리 확연히 줄어든 스피드.

지(地)가 허리를 노리고 공격해 오는 주먹을 허리를 틀어 피하면서 짧게 주먹을 내질렀다.

하지만 지(地)는 달랐다. 준영의 공격을 막은 지(地)는 다리를 걸어옴과 동시에 팔꿈치로 턱을 노리고 들어왔다.

"큭!"

살짝이라도 다리를 뒤로 빼며 몸을 젖혀야 했는데 지(地)의 다리가 진로를 막고 있어 완전히 피하지 못했다.

턱은 맞지 않았지만 팔꿈치에 스친 귀가 떨어져 나갈 듯이 아파왔다.

하지만 지(地)의 공격은 계속됐다.

팔꿈치로 공격했던 손이 당수로 바뀌며 목을 노렸고, 다른 손은 방어하려는 손을 막았다.

'붙어야 해.'

맞는 건 어쩔 수 없었다. 지금 상태로 물러서려 하면 피해는 더 커질 뿐이었다.

잔뜩 움츠린 준영은 공격을 허용하면서도 지(地)에게 붙었다. 그러면서 잔 주먹이라도 날리기 위해 팔을 움직였다.

그때 지(地)의 몸이 마치 뒤틀리는 듯이 움직이는 게 보였다. 그리고 거의 맞닿은 거리에서 뻗어오는 주먹.

아플 것 같지 않았기에 무시했고, 지(地)의 얼굴에 주먹이 닿으려는 찰나 엄청난 고통과 함께 의지와 상관없이 몸이 뒤로 날았다.

"크윽! 뭐, 뭐야?"

"촌경. 가까운 거리에서 강한 힘을 줄 수 있게 하는 기술이야."

"어떻게 가능한 거지?"

"몸을 나선처럼 뒤트는 발경에서 힘을 얻어. 가령……."

지(地)가 가까이 다가와 그저 몸을 살짝 부딪쳤을 뿐인데 몸이 붕 뜨며 몇 걸음 물러서야 했다.

"헐, 이게 가능한 거야?"

"중국 할아버지들이 공원에서 하는 태극권은 모두 발경으로 이루어져 있어. 그걸 좀 더 빠르게 펼친 것뿐이야. 몸, 팔, 다리까지 모두 가능하지."

지(地)는 다리에 발경을 더하며 준영의 발 사이에 끼웠다. 순식간에 하체가 무너지며 비틀거렸다.

"그만해. 자신감이 완전히 무너지잖아. 도대체 로봇에게 그 따위 기술까지 넣어준 게 누구야?"

"하늘이 누나."

이미 알고 있던 답이었다. 묻는 게 아니라 어이없어 하는 말이었을 뿐이었다.

퓨텍의 가상현실 격투 게임은 세계의 많은 무술가들을 모아 만든 것으로 유명했다.

아직도 어느 무술가들이 초빙되었다고 기사가 날 만큼 연구는 계속되고 있었다.

다시 시작된 대결.

스피드와 힘을 뺏음에도 불구하고 지(地)를 단 한 대도 때리지 못했고 정신없이 맞다가 항복을 해야 했다.

가상현실에서 빠져나온 준영은 온몸을 완전히 옥죄고 있는 슈트를 풀고 밖으로 나왔다.

한데 바닥을 내딛는 순간 그대로 바닥에 쓰러졌다. 손을 재빨리 짚지 않았더라면 코가 깨질 뻔했다.

"괜찮아?"

일을 하던 천(天)이 뛰어와 몸을 일으켜 세워줬다.

"너무 오랫동안 했어. 안에서의 움직임이 네 몸에 그대로 전달돼. 게다가 슈트를 움직이는 힘까지 더해져서 현실에서보다 체력 소모가 빨라."

"그러게요. 다리가 완전히 풀렸네요. 마지막 날이라 좀 무리했어요."

즐거웠다고 하기엔 무리가 있었지만 그래도 나쁘지 않았던 휴가의 끝이었다.

천(天)이 준비해 준 점심을 먹고 나니 피곤하긴 했지만 몸은 한결 좋아졌다.

천(天)의 분신을 뒤로하고 서울로 향했다.

"어서 와."

천(天)이 반겼다.

아이러니한 상황이었지만 이제는 익숙해져 가고 있었다.

자신이 없는 동안 회사가 잘 돌아가고 있는지를 확인하기 위해 책상에 앉았다.

천(天)은 속옷이 보일 정도의 짧은 치마를 입고 어디 바뀐 거 없냐고 물어보는 여자처럼 소파에 앉아 생긋거리고 있었다.

"사람 같아. 아니, 사람과 구분할 수 없을 정도로 똑같아 보여요. 됐어요?"

원하는 답을 해줬다.

하얀 다리에 언뜻 붉은 핏줄이 보이는 것처럼 섬세하게 만들어진 피부를 보고 나서는 어떤 흠도 잡을 수 없었다.

"만져 볼래?"

"…됐거든요."

"테스트의 일환일 뿐이야. 설마 길거리에 지나가는 사람을 붙잡고 만져 보라고 해야겠니?"

준영은 침묵을 지켰다.

아무리 테스트라고 해도 천(天)의 몸을 주물럭거리고 싶지는 않았다.

"알았어. 어쩔 수 없지. 기획 팀의 최영식에게 만져 보고 소감을 말하라고 해야겠네."

"…직장 내 성희롱으로 신고당하고 싶어요?"

"절대 그러지 않을걸. 오늘도 일 때문에 불렀더니 눈도 마주 치지 못하던데."

천(天)은 보라는 듯 인터폰을 누르더니 최영식을 부르려고 했다.

준영은 천(天)이 누른 인터폰을 다시 눌러 꺼야 했다.

"…이번 한 번뿐이에요."

천(天)이라면 만지는 것뿐 아니라 다른 것(?)도 테스트라는 말로 행동에 옮길 여자였다.

차라리 눈에 보이지 않는 곳이라면 신경을 쓰지 않을 텐데 회사 내에서 했다간 이상한 소문이 퍼질 가능성이 높았다.

악수를 하듯이 천(天)의 손을 잡았다.

"…따뜻하네요."

준영은 손을 잡았다가 사람의 체온처럼 느껴지는 따뜻함에 놀랐다. 그래서 손바닥을 펴게 한 후 이곳저곳을 눌러보고 만 져 보았다.

"세상에!"

성심테크 본사에서 새로운 지(地)를 봤을 때만 해도 그냥 정 말 비슷하게 만들었다고만 생각했었다.

한데 미세한 지문에 솜털과 땀구멍까지 인간과 다를 바가 없었다.

"어떻게 이런 게 가능하죠?"

준영은 바닥에 주저앉아 천(天)의 다리를 만지며 연신 감탄 사를 내뱉었다.

인공 피부가 아니라 인간의 피부, 그 자체였다.

허벅지를 누를 때의 탄력과 꽉 쥐었을 때 붉어지는 것까지, 게다가 손톱으로 살짝 긁자 붉은 선까지 그어졌다.

"인간은 이미 오래전에 인간의 클론을 만드는 기술을 가지고 있었어. 도덕적 문제 때문에 표면화되지 않았을 뿐이지. 세포만 있다면 배양해서 피부를 만드는 건 어려운 게 아니야."

"…인간의 DNA를 복제해 만든… 거예요?"

준영은 화들짝 놀라 손을 떼고 물러났다.

"인간을 복제해 피부만 취했다는 소리가 아니야. 설령 그렇게 한다고 해도 지금처럼 만드는 건 불가능해. 이 피부 밑에는 로봇이 있음을 잊지 말라고."

"그럼요?"

"피부와 근육층을 이루는 물질을 비슷하게 만든 것뿐이야. 촉감상 구분할 수 없다 뿐이지 인간의 피부와는 완전히 달라."

"그런 건 미리 말해줘요. 어쨌든 테스트 결과는 완벽해요. 누구라도 쉽게 구분할 수 없을 거예요."

"다른 건 확인 안 해?"

"다른 건 최영식 씨와 회사 끝나고 호텔에 가서 확인해요."

새로운 지(地)를 만났을 때 놀란 점이 하나 있었는데 물건(?)이 마음대로 늘어난다는 것이었다.

킥킥대며 자랑하는 모습에 준영은 질겁하며 가위를 찾아야 했었다.

치워뒀는지 가위를 찾지 못해 자르지는 못했지만 있었다면 분명 잘라 버렸을 것이다.

그때의 생각만으로도 별의별 상상이 다 떠올랐기에 고개를 흔들며 애써 상상을 털어냈다.

"쯧, 다른 방법을 생각해 봐야겠네."

"다른 방법 따위 생각하지 말아요! 그리고 이제 그만 장난쳐요. 해야 할 일이 얼마나 많은지 잊지 않았죠?"

"잊을 리가 있나. 시작해 보자고."

성심미디어와 관련된 일이 아니었다.

일본, 중국을 시작으로 전 세계적으로 팔려 나가기 시작한 DDR은 금연, 금주, 심지어 도박 중독에도 효과가 있다는 소문이 나서 예상보다 많은 돈을 벌어들이고 있었다.

그 검은 돈을 합법적인 돈으로 만들어 천(天)이 쓸 수 있도록 한국에 들여오는 방법을 만들어야 했다.

계획은 준영이 만들어야 했고, 실행은 천(天)과 지(地)가 해야 했다.

거기에 한동그룹 일도 마무리를 지어야 했기에 휴가 전보다 일은 배가 늘었다.

천(天)과 지(地)가 가진 멀티태스킹이 정말이 탐이 나기에 자신도 모르게 중얼거렸다.

"나도 멀티태스킹이 하고 싶다."

"네 머리가 따라주면 충분히 가능한 일이야."

"응?"

"멀티태스킹 말이야. 너랑 똑같이 생긴 인조인간을 만들면 되잖아? 과연 인간의 머리로 가능한지는 모르겠지만 말이야."

"재미있긴 하겠다."

준영은 분신술처럼 여러 명의 자신이 한 번에 여러 가지 일을 하는 상상을 해봤다.

꽤나 기분 좋은 상상이긴 했지만 천(天)의 말처럼 가능할지는 의문이었다.

하지만 곧 머릿속에서 상상을 지웠다.

"하늘이 누나, 일단 대지 형에게 일본의 중소 금융회사 중에 쓸 만한 것들을 알아보라고 해요. 그리고 각국에 나가 있는 40인의 도적들에게 전자 상거래 회사를 만들도록 해주고요."

지금은 눈앞에 닥친 일이 우선이었다.

5장

악연의 끝과 시작

CIA 일본 지역 도쿄 지부 3팀장 빈센트는 작전 차량에 앉아 화면에 비춰지고 있는 아파트를 보고 있었다.

"나타날까요?"

빈센트 옆에서 연신 작전 차량의 장치들을 다루던 크라운은 글러브를 낀 손을 내리며 물었다.

"오늘 딜리버리맨에게 마약을 주기로 했으니 오겠지."

빈센트는 화면에서 눈을 떼지 않고 말했다.

그는 확실하다는 듯 말하고 있었지만 사실 확신을 하진 못하고 있었다.

DDR의 공급자―실제로는 비매품이라는 Digital Drug―를 찾기 위해 도쿄에만 현재 3개 팀의 CIA가 움직이고 있었다.

45일 전만 하더라도 너무 쉬운 일에 도청이 주 임무인 자신의 팀을 투입시킨다고 투덜댔었다.

하지만 지금은 지부장 앞에서 투덜대기는커녕 매일같이 구박을 받고 있었다.

45일 동안 3개 팀이—다른 나라 정보 팀들과도 연계를 하고 있었기에 실제로는 훨씬 많은 인원들이 움직이고 있었다— 알아낸 거라곤 DD가 비매품이며 실제 마약을 갖다 주거나 증거를 제시해야 딜리버리맨들이라 불리는 이들이 물건을 가져다 준다는 것뿐이었다.

딜리버리맨을 잡아야 DD나 DDR을 판매하는 자들에게 한 발 다가갈 수 있는데 지금까지 CIA뿐만 아니라 어떤 정보 팀도 성공한 적이 없었다.

"한데 열 명의 대원들로 잡을 수 있을까요? 스무 명이 투입된 일본 정보 팀이 완전히 개박살 났다던데요."

"일본 원숭이들과 우리 회사의 대원들을 비교하는 건가?"

"그건 아니지만 당한 곳이 한두 곳이어야죠. 지난번에는 영국 팀도 당했잖아요."

"…우리는 달라."

이번 대답도 역시 확신이 없었다.

딜리버리맨들은 오토바이를 이용해 다녔는데 얼마나 잘 도망가는지 웬만해서는 쫓을 수가 없을 정도였다.

혹시 포위를 한다고 해도 유유히 뚫고 가버리는 바람에 각국 팀들은 추가 지원을 받고 있는 실정이었다.

'차라리 나타나지 마라.'

크라운은 빈센트의 반응에 딜리버리맨이 나타나지 않길 바랐다. 그들이 작전 차량까지 완전히 박살 내버린다는 소문을 들었기 때문이었다.

목숨은 누구에게나 귀중한 것이었다.

"판매책이 나왔습니다!"

크라운은 화면을 조작해 판매책의 모습을 확대했다.

카메라는 그가 움직이는 방향으로 열심히 움직이며 화면을 전송했다.

"판매책이 나왔다. 대원들은 각자 위치에서 모두 준비하도록."

빈센트는 곳곳에서 대기 중인 대원들에게 신호를 보낸 후 긴장한 채 화면을 지켜봤다.

"엘리베이터를 탑니다. 엘리베이터 카메라!"

크라운은 글러브를 낀 손으로 엘리베이터 카메라가 잡고 있는 화면을 크게 만들었다.

"어? 탔는데 왜 모습이 보이지 않지?"

판매책은 분명 엘리베이터를 탔다. 한데 화면엔 그저 비어 있는 엘리베이터 안의 모습만 보여줄 뿐이었다.

빈센트는 뭔가 잘못되었다는 걸 금방 눈치채고 소리쳤다.

"딜리버리맨은 엘리베이터 안에 있다. 모두 바로 움직이도록! 젠장!"

명령을 내렸지만 너무 먼 거리였다.

아니나 다를까 엘리베이터에서 두 사람이 내렸고 한 명은 감시가 허술한 후문으로 나가더니 사라져 버렸다.

일찍 도착한 대원 두 명이 쫓아갔지만 잡을 확률은 거의 없어 보였다.

빈센트는 쓸데없이 대원을 잃을 수 없었기에 철수 명령을 내렸다.

대원들은 판매책을 데리고 작전 차량으로 왔다.

"어떻게 된 거지?"

빈센트의 물음에 판매책은 잔뜩 인상을 구기며 대답했다. 하지만 물음에 대한 답이 아니었다.

"도대체 일을 어떻게 하는 겁니까? 딜리버리맨이 이미 내가 CIA와 내통하고 있는 걸 알고 있더군요. 앞으로 나랑은 더 이상 거래를 하지 않겠답니다."

"으득!"

판매책은 빈센트가 이를 갈고 있음을 알아채지 못하고 계속 주절댔다.

"어떻게 책임질 겁니까? DDR만 팔아도 돈 버는 것은 식은 죽 먹기였⋯ 켁!"

빈센트의 손이 판매책의 목을 잡았다. 그리고 켁켁거리는 그를 앞으로 잡아당기며 으르렁거렸다.

"쓸데없는 소리 마라, 노란 원숭이. 다시 한 번 묻는 말에 대답하지 않고 헛소리를 지껄이면 지금까지 번 돈조차 쓰지 못하게 될 거라고 장담하지."

판매책은 알겠다는 듯 눈을 깜박거렸고 빈센트는 목을 놓아 주었다.

"켁켁! 하악 하악! 노, 놈이 엘리베이터에 있었습니다. 마약을 받으면서 물건을 주지 않기에 왜 그러냐고 물었더니 당신과 내통했다는 사실을 알더군요."

"그래서?"

"당신들에게 전하라고 했습니다. 비매품은 더 이상 공급하지 않겠다고 말입니다. 그리고 치료제 역시 판매책을 위한 판매는 하지 않겠다고……."

"뭐!"

빈센트가 소리치자 판매책은 움찔하다가 가까스로 다시 말을 했다.

"그, 그렇게 전하라고 했을 뿐입니다."

"다른 말은 없었나? 그 말뿐이었냔 말이다!"

"제, 제가 우리는 어떻게 하냐니까 헤, 헤드셋만 공급한다고 했습니다. 무, 물론 상당한 이득을 보장하고요. 하지만 전 기회를 잃었다고 했습니다."

"…아방궁."

빈센트는 딜리버리맨이 말하는 바를 눈치챘다.

아방궁은 개조 칩을 이용해 접속하던 지(地)가 만든 세계를 CIA에서 부르던 말이었다.

가상현실 게임 기술을 사용하고 있었기에 CIA에서 해커들을 이용해 서버가 종료될 때까지 위치를 파악하고자 노력했었다.

하지만 결국 서버 종료와 함께 실패했었다.

한데 그 기술을 이용해 인터넷 판매를 시작한다고 딜리버리맨이 말한 것이다.

"저, 저는 어떻게……?"

"꺼져!"

빈센트는 앞에 있는 판매책을 신경 쓸 시간이 없었다.

"크라운, 너 아방궁 알지?"

"알다마다요. 그것 때문에 지금 CIA에 매인 몸이 되었는걸요. 한데 그게 왜요?"

"만일 아방궁 같은 프로그램을 통해 DDR을 인터넷으로 판매할 수 있을까?"

크라운은 생각할 때 하는 습관인 듯 검지로 콧구멍 근처를 긁적이며 생각에 빠졌다.

잠시 후 생각을 마친 크라운이 말했다.

"가능해요. 아방궁에서 산 것을 인터넷 판매업체에서 물건을 산 것처럼만 만들면 쉽죠."

"만일 그렇다면 추적할 수 있을까?"

크라운은 이번엔 생각이 필요 없는 듯 바로 대답했다.

"시간과 인력을 들이면 가능은 하죠. 하지만 저한테 그 일을 맡긴다면 절대 하고 싶지 않네요."

"왜지?"

"팀장님은 한 달에 넷상에서 물건을 몇 번이나 구매하시죠?"

"다섯 번쯤."

"음식 배달 포함해서요."

"그럼 한 서른 번쯤."

"그럼 일본 인구를 1억이라 치고 30번을 곱하면 30억. 거기에서 DDR을 사는 사람을 골라내는 겁니다. 전 세계적으로 따지면 어떻게 될까요?"

"그렇게 하는 건 멍청이들이나 하는 짓이지."

"팀장님 말씀은 DDR를 사용할 수 있는 헤드셋을 구매한 다음에 직접 구매를 해서 업체를 쫓겠다는 말씀이시죠?"

"맞아. 왜, 잘못됐나?"

"아닙니다. 하지만 제 생각에 그렇게 쉬울 것 같지는 않습니다."

"…쉽지는 않겠지."

빈센트도 크라운의 말에 동의했다.

하지만 CIA 상부에서는 매일처럼 DD에 대해 알아내라고 들볶고 있었다.

"보고를 해야 하니 본부로 돌아간다."

이제부터 DD를 생산하지 않는다는 보고와 함께 판매 방식이 바뀌었으니 그에 대한 대책을 마련하는 게 우선이었다.

*   *   *

"그래서 DD는 더 이상 생산하지 않고 DDR은 인터넷으로만 팔겠다는 말이구나?"

준영은 진호천을 만나고 있었다.

그가 잔뜩 차려놓은 음식을 먹으며 대답했다.

"네, 물론 중국에서 판매되는 양만큼은 지금까지의 비율대로 3 대 7로 드릴 겁니다."

"지금까지 헤드셋과 DDR을 판매하던 이들은 계속 판매하길 원할 텐데?"

"그들에게는 진 대인의 몫인 7로 나눠 줘야겠죠."

"피라미드 회사처럼 말이지?"

"네, 가능하겠습니까?"

일본의 경우와는 달리 중국의 경우 진호천을 통하고 있어서 그의 동의가 반드시 필요했다.

"나쁠 것 없겠지. 한데 왜 갑자기 DD를 생산하지 않겠다는 거냐?"

진호천은 처음 DDR이라는 물건을 봤을 때 치료가 가능하다면 마약과 같은 효과도 낼 수 있지 않을까 생각했는데 아니나 다를까 준영은 이미 디지털 마약을 만들어놓은 상태였다.

마약을 싫어했기에 DD를 팔 생각은 없었다.

한데 수하 중 한 명이 실제 마약과 1 대 1로 교환해 주면 어떻겠냐는 의견을 제시해 와 실험적으로 해봤는데 상당한 양의 마약을 없앨 수 있었다.

그때 진호천의 머리를 스친 것이 이독제독이었다.

"쫓는 자들이 너무 많아서요. 일본에서 마약상들이 공격해 오는 건 둘째치고라도 각국의 첩보원들까지 DD에 대해 알아

내려고 혈안이 되어 있더라고요. 굳이 위험을 감수할 필요는 없잖아요?"

준영의 말에 진호천은 고개를 끄덕였다. 일반 사업가인 그에게는 DDR을 파는 것도 사실은 꽤 큰 위험을 감수하는 일이었다.

"혹시 말이다……."

진호천은 잠깐 망설이다 말을 이었다.

"DD를 나에게 넘겨줄 수 있겠느냐?"

음식을 먹던 준영의 손이 멈추었다. 그리고 진호천의 눈빛을 바라보곤 농담이 아님을 깨달았다.

"진담이시군요? 마약을 싫어하시지 않으셨어요?"

"여전히 싫다. 하지만 이독제독이라고 DD를 통해 마약을 없애고 싶다."

"설령 DD를 판매하신다고 해도 마약은 사라지지 않을 겁니다."

"어떤 목적을 위해 사용되는 마약은 없어지지 않겠지만 즐기기 위한 마약은 대처 가능하겠지. 그리고 DD를 사용한다고 죽지는 않을 것 아니냐?"

"…위험하실 겁니다."

"껄껄껄! 위험이라고 했냐? 걱정 마라. 내가 DD를 판다는 건 내 최측근들밖에 모를 것이다. 그리고 설령 위험에 처한다고 해도 꼭 해야 할 일이다."

준영은 진호천을 말릴 수 없다고 생각했다.

"왜? 내가 돈을 안 줄까 봐 그러냐? DDR과 마찬가지로 3은 네 몫으로 주마."

"…돈 때문이 아닙니다."

"그럼?"

준영은 진호천이 자신에게서 10년 전에 잃은 아들을 보고 있음을 어렴풋이 느끼고 있었다.

처음엔 그러려니 했다.

한데 매번 자신이 방문한다고 하면 맛있는 음식을 잔뜩 차려놓고 기다리는 것도 모자라서 먹는 모습을 흐뭇한 표정으로 바라보고 있으니 못 알아차릴 수가 없었다.

"진 대인이 위험에 처하는 게 싫습니다."

"…내 걱정을 하는 게냐?"

빙그레 미소 지으며 묻는 진호천을 보자 준영은 갑자기 쑥스러워졌다.

"험! 대인이 위험해지시면… 이 맛있는 음식들을 모, 못 먹을 수도 있어서 드리는 말입니다."

준영은 진호천의 눈을 피해 고개를 숙이고 음식을 집어 먹었고 그런 준영을 진호천은 따뜻한 눈빛으로 쳐다보았다.

"네놈 장가갈 때까진 챙겨주마. 하지만 그 이후론 네 처에게 차려달라고 하려무나."

"처하고 같이 올 겁니다."

"택도 없는 소리 마라. 이젠 농은 그만하고 대답해 보거라. 줄 거냐? 말거냐?"

"드리겠습니다. 대신 절대 제 말을 들어주셔야 합니다. 아니면 드릴 수 없습니다."

"오냐, 세이경청하마."

준영은 디지털 마약을 팔 때를 대비해 위험을 회피할 수 있는 복안들을 준비했었는데 그중에 충분한 세력을 가진 진호천에게 맞는 것을 얘기해 주었다.

"헐! 이 녀석, DD를 팔 생각은 하고 있었구나?"

"생각만 해본 겁니다."

일 얘기를 모두 마친 준영은 차를 마시며 일상적인 얘기를 하며 시간을 보냈다.

그러다 능령의 정혼자인 철무한에게 저녁을 얻어먹은 얘기가 나왔다.

"쯧! 어쩌다 그런 놈과 만나게 됐어? 가급적으로 상대하지 말거라. 그리고 혹시나 인연이 되어 다시 만나게 된다면 음흉한 놈이니 조심해라."

"대인께서 심려할 정도로 위험 인물인가요?"

굳은 얼굴로 말하는 진호천의 말에 준영은 의아해하며 물었다.

"그놈도 무섭지만 그놈 집안은 더욱 무섭지. 깊이 알려고도 하지 마라."

"또 만날 일이 있으려고요?"

준영은 대수롭지 않게 넘겼다.

하지만 이미 악연이 시작됐음을 이때는 알지 못했다.

                  *   *   *

천(天)이 슈트와 컴퓨터를 4층에 설치를 해줘서 헬스를 그만 뒀다.

슈트를 입고 가상현실에서 운동을 하면 똑같은 효과를 내니 굳이 다닐 필요가 없었다.

운동기구들이 있는 도장 한편에서 준영은 천천히 태극권을 펼치고 있었다.

막힘없이 펼치는 모양이 마치 오랫동안 배운 사람처럼 익숙해 보였다.

"후우우우~"

긴 숨을 내뱉으며 태극권을 끝마치고 이어 두 손을 앞으로 세우고 원을 돌며 빙글빙글 돌기 시작했다.

팔괘장.

언뜻 보면 성의 없이 돌며 가볍게 손을 내뻗는 동작이 다인 것처럼 보였지만 창니보라고 해서 뒤로 피하는 게 아닌 항상 적을 중심으로 돌며 피하고 그 도는 힘을 이용한 내가권의 일종이었다.

팔괘장에 이어 영춘권, 장권, 절권도 등 수많은 권법들이 차례차례 펼쳐졌다.

"헉헉헉! 에구, 힘들어라."

해야 할 일을 다 끝마친 사람처럼 준영은 바닥에 대(大)자로 뻗은 채 누워버렸다.

"안 돼. 지금 마보 자세를 취한 채 내가 가르쳐 준 호흡법을 해야 해."

어느새 나타난 천(天)이 말했다.

"1분만. 헉헉!"

"안 된다니까."

"30초만, 아니, 20초만. 아, 안 돼."

준영의 자신의 의지와 상관없이 어깨 넓이로 다리를 벌리고 다리를 살짝 구부렸다. 그리고 두 팔을 앞으로 뻗어 드럼통을 안고 있는 것처럼 만들었고 손도 작은 물병을 쥐듯이 만들었다.

슈트가 천(天)의 명령에 알아서 자세를 만든 것이다.

"악마!"

"호흡이나 해. 지(地)를 이기고 싶다고 해서 가르쳐 주는 건데 불만이면 하지 않아도 돼."

준영은 혼잣말로 잠시 투덜대다가 입을 다물고 호흡에 집중했다.

천(天)의 말대로 지(地)를 한 대라도 때리고 싶어 자신이 자초한 일이었다.

"하면서 들어. 내가 펼친 중국 무술들은 공통점들이 있어. 바로 원이야. 크든 작든 작은 원을 그리지. 발경도 원이야. 지금 내가 하고 있는 자세를 봐. 손이 원을 그리고, 팔이 원을 그리고, 다리가 원을 그리지. 기(氣)라는 것은 여전히 미스터리

이긴 하지만 그렇다고 존재하지 않는다고 말하지도 못해."

준영은 다리가 후들거려서 당장에 주저앉고 싶었지만 슈트 때문에 그럴 수가 없었다.

"퓨텍은 수많은 무술가들을 초대했어. 그들은 강하긴 했지만 세계적인 격투가들보다는 훨씬 약했어. 한데 몇 명은 상식을 파괴하는 일을 해냈어. 그중 한 명은 탁자를 가볍게 내려치는 것만으로도 원목으로 된 책상을 박살 내버렸지."

"…끄응, 그럼 그 사람이 하던 걸 가르쳐 줘요."

"듣기만 하렸지. 지금 내가 하는 게 바로 그 사람이 하던 수련법이야. 마보만 했냐고? 맞아. 그 사람은 마보를 하루 종일이라도 할 수 있는 사람이었어. 그 사람이 어떻게 그런 힘을 가지게 되었는지는 미지수지만 내가 보기엔 자연과 합일되었다고 생각해."

"…끄응, 요즘 독서를 무협지로 해요?"

"응, 네가 가르쳐 달라고 한 뒤부터 보고 있어."

준영은 천(天)이 무협지에 나오는 성격 고약한 사부를 흉내내고 있는 것이 아닌가라는 의심이 들었다.

"그래서 그 사람은 어떻게 됐는데요? 그런 사람이라면 소문이 안 날 수가 없잖아요?"

"죽었어. 뇌종양이었더라고. 지리산에서 살았던 사람이었는데 죽기 직전에 자신이 가진 힘을 보여주고 싶었다나 봐."

"…대결 장면이라도 있어요?"

"없어. 힘 조절을 할 수가 없다고 거부했어."

준영은 잠시 어이없이 천(天)을 보다가 소리쳤다.

"그럼 아무짝에도 쓸모가 없잖아요! 당장 풀어요!"

하지만 한 시간이 지날 때까지 꼼짝도 하지 못했다.

슈트에 안마 기능이 없었다면 하루 종일 누워 있을 뻔했다.

＊   ＊   ＊

10시가 넘어서 사무실로 온 준영은 제일 먼저 신문을 펼쳤다.

새로운 한 해가 시작되었지만 신문의 내용은 그리 밝지 못했다.

한동화학이 일차 부도를 겨우 막았다는 소식과 한동그룹 전체가 위험하다는 얘기가 경제면을 채우고 있었기 때문이었다.

신문을 읽던 준영은 드디어 때가 되었음을 알았다.

법정 관리까지 들어가면 해체 수순까지 갈 수도 있는 일이었기에 한동그룹에서 일하는 수많은 사람들과 협력 업체들까지 길거리에 내몰릴 수 있는 상태였다.

물론 그들과 직접적인 관계는 없었다. 하지만 자신에게 시비를 걸어온 남세영을 혼내주려고 그룹 전체를 날려 버릴 수는 없는 일이었다.

준영은 한동화학 사장실로 화상 전화를 걸었다.

─누구시라고 전해 드릴까요?

"엔젤이 되고 싶은 사람이라고 전해주세요."

─…장난 전화를 하면 법적인 처벌을 받을 수 있음을 명심하세요.

한동화학은 비서를 미모로 뽑는 게 분명했다.

"투자자입니다."

─아! 자, 잠시만요.

잠시 후 남영명과 화상 전화로 연결되었다.

"반갑습니다. 성심미디어의 안준영이라고 합니다."

─반갑습니다. 남영명입니다. 한데 안 사장님께서 투자자가 되고 싶으시다고요?

한동그룹이 급하다는 걸 단적으로 보여주는 말이었다.

준영도 말을 돌릴 이유가 없었기에 단도직입적으로 말을 했다.

"투자라기보단 귀사의 회사 중 마음에 드는 회사가 있어서 인수를 하고 싶습니다."

─…….

사업을 오래 한 사람임에도 급해서일까 얼굴 표정에 그의 심리 상태가 다 나타났다.

한참 고민하던 남영명은 힘겹게 입을 열었다.

─미안하지만 못 들은 걸로 하겠소.

"결국 법정 관리까지 가겠다는 소리시군요."

─이봐요, 안 사장! 무슨 말을 그렇게 하는 겁니까? 지금 불난 집에 부채질하려고 전화를 했소?

"부채질은 이미 오래전부터 하고 있었죠. 법정 관리에 들어가면 저도 어쩔 수 없으니 이만 끊겠습니다. 심기를 불편하게 해드려 죄송합니다."

준영은 전화를 끊는 시늉을 했다.

—자, 잠깐! 조금 전에 한 말은 무슨 의미요?

"법정 관리에 들어가면 어쩔 수 없다는 말 말입니까? 한동 그룹 측에선 긍정적으로 보고 있을지 모르지만… 글쎄요, 제가 보기엔 갈가리 찢어질 게 불 보듯 훤하군요."

—그 말이 아니라 부채질을 오래전부터 하고 있었다는 얘기 말이오!

"제가 그런 말을 했었던가요?"

—이봐요, 안 사장!

남영명은 화난 얼굴로 당장에라도 화면에서 튀어나올 것 같았다.

"진정하시죠. 전화상으로 할 말은 아닌 것 같습니다. 오늘 저녁 같이 하시는 건 어떻습니까?"

—…좋소. 약속 장소를 정하시오.

준영은 약속 장소를 말한 후 전화를 끊었다.

*   *   *

준영이 예약한 일식집은 조용히 얘기를 나눌 수 있는 별실이 있었다.

먼저 와 기다리던 준영은 어깨가 젖은 채 들어오는 남영명을 맞이했다.

"제가 올 때까지만 하더라도 한두 송이씩 내렸는데 이젠 제법 눈이 오나 보군요? 전화상으로는 무례했습니다."

준영은 오전에 있었던 일을 사과했다.

"날 이 자리에 부르기 위함이었겠죠? 알면서도 나올 수밖에 없었소."

씁쓸하게 말하는 남영명은 화를 낼 기운도 없는지 외투를 벗어 옷걸이에 건 후 자리에 앉았다.

"따뜻한 정종부터 한잔하시죠."

"그럽시다."

준영이 술을 채운 잔을 내밀자 남영명은 순순히 받아 마셨다.

'이거 생각보다 말이 길어지겠군.'

욕심이 있는 자라면 욕심을 채워주면 되었다. 남영명이 한동그룹의 회장직을 원한다면 거기에 초점을 맞추면 되는 일이었다.

하지만 준영이 보기에 남영명은 그렇게 욕심 많은 자가 아니었다.

"식사부터 하시겠습니까?"

"입맛이 없군요. 지금은 술이나 한잔합시다."

준영은 안주와 술을 주문했고 곧 온몸이 사시미가 된 채로 꿈틀거리는 회가 나왔다.

남영명은 술을 두 잔 연속 기울인 후 입을 열었다.

"부채질에 대한 얘기부터 들어봅시다."

"얘기가 좀 길어지겠군요. 가장 먼저 남 사장님의 큰 조카 얘기로 거슬러 올라가야 하니까요."

"세영이 말이오?"

"네, 저랑 대학 동기죠."

"…한데?"

준영은 MT 때 있었던 일과 어댑터 특허권 소송, 누나 현영에게 일어났던 일까지 설명을 했다.

"철딱서니 없는 것……."

"전 당하고만 있을 수 없었습니다. 그래서 한동그룹에 대해 조사를 했죠. 그러다 약간의 자료를 얻게 되었죠."

"비자금에 관한 게 당신 짓이었소!"

언성이 높아지는 남영명.

준영은 당연히 거짓말을 했다. '당신의 아버지를 감옥에 보낸 게 나요' 라고 말한다면 남영명이 당장에 자리를 박차고 일어날 태세였기 때문이다.

"비자금은 저 같은 사람이 알아낼 정도로 허술하게 관리하시진 않았을 텐데요? 전 그저 계열사와의 부당 거래를 알아낸 것뿐입니다. 때마침 비자금 문제로 곤란을 겪을 때라 부채질 했다고 표현했을 뿐이고요."

"아무리 조카가 철없는 짓을 했다고 같이 사업을 하는 사람끼리……."

"남 사장님!"

준영은 남영명의 말을 끊었다.

"철없는 짓이라고 했습니까? 힘 있는 자가 힘없는 사람을 짓밟는 게 언제부터 철없는 짓이 됐죠? 남세영이 한 일이 남 사장님께는 '고작 그딴 일'입니까? 제가 아무래도 실수를 한 것 같군요. 원하는 기업은 한동그룹이 분해될 때 사기로 하죠. 유익한 대화 시간이었습니다."

한동그룹에서 남영명에 대한 평판이 좋아 그와 손을 잡으려 했던 것이다.

한데 몇 십 년 동안 대한민국을 좌지우지했던 이들은 생각 자체가 달랐다.

자신들을 위해 누군가가 존재한다고 생각하지 않고서야 어떻게 철없는 짓으로 치부할 수 있단 말인가?

"안 사장!"

준영은 남영명의 부름을 무시하고 밖으로 나왔다.

막 카드로 음식 값을 계산하려는데 따라 나온 남영명이 손을 잡았다.

"미안하오. 내가 말을 잘못했음을 사과하겠소."

남영명의 얼굴은 절박해 보였다. 그리고 양말만 신고 차가운 바닥을 밟고 있었다.

그런 그의 모습에 화가 가라앉았다.

그리고 특별한 날이었는지 온 가족이 식사를 하고 행복한 얼굴로 나오는 모습을 보며 한동그룹에 다니는 직원들이 생각났다.

"제가 너무 감정적이었군요. 들어가시죠. 바닥이 차갑습니다."

다시 방으로 들어온 준영은 앞에 놓인 술을 마시고 말을 시작했다.

"제가 준비한 금액은 3,000억입니다. 부족하면 다른 투자자를 소개시켜 줄 수도 있습니다."

특허권을 판 금액에서 세금을 제외하고 천(天)이 남겨준 금액은 4,000억.

그중 1,000억은 성심테크의 배당으로 쓸 생각이었고 나머지 3,000억을 투자할 생각이었다.

"충분한 금액이군요."

남영명이 생각하기에 3,000억이 들어온다면 그룹 전체가 순식간에 살아날 수 있었다.

그룹이 힘들게 된 건 악재들이 터지면서 그룹의 가치가 떨어진 영향도 있지만 떨어진 신용도만큼 은행이 추가 대출을 해주지 않은 것이 결정적이었다.

돈이 돌지 않으니 회사의 큰 프로젝트가 멈췄고 그 때문에 다시 기업의 가치가 떨어지는 악순환이 반복되었다. 돈이 나갈 곳은 많은데 돈이 들어올 곳이 막혀 버리니 아무리 그룹이라고 해도 감당할 수 없었던 것이다.

"원하는 게 뭡니까?"

"한동테크를 1,500억에 사겠습니다. 그리고 1,500억은 한동그룹 내 어떤 주식을 주셔도 됩니다."

"한동테크의 가치는 3,000억이 넘소."

"현재는 고작 2,000억이 되지 않죠. 그나마도 순환 출자로 한동데코의 주식을 가지고 있어서 그만한 가치를 가지는 거 아닙니까? 한동데코의 주식을 뺀다면 1,500억도 많다고 생각하는데요. 설마 한동데코의 주식까지 주신다는 말씀은 아니겠죠? 그럼 6,000억이라도 드리죠."

순환 출자의 단점은 하나의 회사를 가지게 되면 모든 회사를 가질 수 있다는 점이었다.

물론 그 정도를 생각하지 못할 남영명은 아니었다.

"나쁘지 않군요. 한데 1,500억 원만큼 주식을 달라는 건 무리입니다."

"한동그룹이 갚을 능력이 되면 그때 다시 주식을 넘겨 드리죠. 물론 오른 가격을 다 받겠다는 게 아닙니다. 주식이 오른 가격에 50퍼센트만 주시면 됩니다. 그리고 숨통을 튼 다음 은행에서 빌려 상환을 해도 상관없습니다."

남영명으로서는 거부할 수 없을 정도로 좋은 조건이었다. 하지만 이어지는 준영의 말에 그의 얼굴이 딱딱하게 굳었다.

"단! 한동그룹은 남 사장님이 이끌었으면 좋겠습니다."

"그건⋯⋯!"

형인 남진명을 쫓아내라는 말과 같았다.

거부감이 드는 말이었지만 남영명은 지금이라면 충분히 가능하다는 생각이 들었다.

현재 한동그룹의 주식을 가장 많이 가진 사람은 남진명이었지만 20퍼센트가 넘지 않았다.

자신과 자신의 여동생, 그리고 자녀들까지 합치면 그보다 더 많았고 주주들을 설득할 자신도 있었다.

남영명의 생각이 깊어졌다.

준영은 술을 한 잔 하고 마지막 경련이라는 듯 파르르 떠는 돔의 살을 한 점 집으며 말했다.

"일단 한동그룹이 중요하지 않겠습니까? 남 사장님이 나서신다면 저도 최선을 다해 돕겠습니다."

할 만큼 했다.

법정 관리에 들어가고 한동그룹이 분해가 된다면 그때 또 어떻게 될지는 모르겠지만 말이다.

돔은 마지막 경련을 끝으로 더 이상의 움직임이 없었다.

6장

인연은 마음대로 되지 않는다

"사귀자."

"응."

작년 크리스마스이브 때 고백을 했고 예설희는 두말없이 허락을 했다.

잠자리를 하는 데 대한 의무감에 한 말이었지만 어쨌든 쿨한 관계에서 연인이 된 것이다.

여느 연인처럼 확 불붙는 사랑도, 매일처럼 보고 싶어지는 사랑도 아니었지만 나름 뜨겁게 지냈다.

하지만 사귀기로 한 다음부터 예설희는 서서히 변하기 시작했다.

―기다리고 있을게.

"설희야, 말했잖아. 지금 바쁘……."

화면에서 설희가 사라졌다. 화상 전화를 끊었다는 뜻.

멍하니 화면을 바라보고 있는데 천(天)이 옆에서 염장을 질 렀다.

"쯧! 하여간 인간 여자란."

"진짜 누나 모습, 안 보인 거 확실해요?"

화상 통화 해야 한다고 잠깐 자리를 비켜달랬더니 자기 모 습은 안 보일거라고 했었다.

"당연하지. 빈 사무실 화면과 합성해서 보낸 거라 걱정할 것 없어."

"근데 왜 저래요?"

"내가 아니? 그리고 내가 여자였었던 적이 있던가? 해주고 물어보든가?"

'뭘 해줘……?'

준영은 이년이고 저년이고 짜증이 났다.

한동테크가 넘어오면 어떻게 해야 할지 계획을 짜고 있는데 다짜고짜 전화를 해서 나오라니 그럴 수밖에 없었다.

"일 좀 부탁해요."

"가려고?"

"걘 정말 버티고 있을 애예요. 영업시간 끝났다고 쫓아내면 앞에서 기다릴걸요."

준영은 사랑이 더하기가 아닌 빼기라고 생각하고 있었다.

자신의 배알을 하나씩 없애는 빼기.

차를 타고 설희가 기다린다는 커피 전문점으로 향했다.

설희는 커피 전문점 창가에 앉아 커피를 마시고 있었다. 준영이 차에서 내려 손을 흔들자 바로 달려 나왔다.

격렬한 포옹.

"왔어~"

이어지는 애교. 웃는 얼굴에 주먹을 못 날린다고 했던가… 준영은 화가 풀렸다.

"저녁은 먹었어?"

"아직."

"스테이크 먹으러 갈까?"

설희는 보기와 달리 육식을 좋아했다.

"아니, 갈 데가 있어. 거기서 저녁 먹자."

"어딘데?"

"가보면 알아."

다짜고짜 나오라는 것보다 어디론가 가자는 게 더 불안했다.

'설마……'

아니길 바랐지만 역시나였다.

설희가 데려간 곳에는 노년의 남자가 떡하니 앉아 있었다.

"인사해. 우리 아빠."

"…처음 뵙겠습니다. 안준영입니다."

"허허허! 어서 오게. 설희 아비 되는 사람이네. 저 애가 남자 친구가 생겼다고 했는데 누군지 궁금해서 참을 수가 있어야지. 이름도 오늘 자네 입에서 듣는 게 처음이라네."

웃으면서 얘기하고 있었지만 탐색하는 눈빛을 숨기지 않고 있었다.

'쩝! 저 사람을 이렇게 만나다니……'

예설희의 아버지, 예민교는 이 나라의 법무부 장관이었다.

준영은 설희를 보며 '말 안 했어?' 라는 눈빛을 보냈다. 설희는 이미 자신에 대해 대부분을 알고 있었다.

설희가 '씨익' 웃는 것을 보니 오늘 얘기를 할 생각이었나 보다.

"앉지."

"네."

준영은 이런 자리를 싫어했다.

지(地)가 만든 세계에서도 두 번 정도 경험이 있었다. 자신의 실체를 숨기고 사귀었다가 꽤 망신을 당한 적이 있었다.

그래서 사귀는 여자에게는 자신에 대해 웬만해서는 숨기지 않았다.

"대학은 어딜 다니고 있나?"

"고구려대학교입니다."

"음, 설희 둘째 오빠가 거기 나왔지. 과는 어떻게 되나?"

"아빠! 호구조사 그만하고 저녁이나 먹어요. 아님 그냥 갈 거예요."

"허허허! 녀석하곤. 일단 식사부터 하지. 네가 좋아하는 스테이크로 먹자구나."

예민교는 예설희에게 꼼짝 못했다.

준영은 자신도 딸을 낳으면 저렇게 될까 싶었다. 미래란 모르는 일이었기에 이해를 하면서도 숨 막히는 분위기에 어찌할 바를 몰랐다.

"왜 그래? 편하게 해도 돼."

설희가 귓속말로 말했지만 트라우마 같은 것이 있어서 쉽지 않았다.

"컴퓨터학과라면 유망한 직종이긴 하지. 부모님은 뭘 하시는 분인가?"

식사를 하면서도 호구조사는 계속됐다.

전화 한 통이면 다 알 일을 일일이 묻는 것은 예설희 때문일 것이다.

준영은 차라리 검색 사이트에서 자신의 이름을 검색해 보여주고 싶었다.

준영도 기분이 좋지 않았지만 예민교도 별로 기분이 좋지 않은 상태였다.

'얌전히 있다가 아비가 소개시켜 주는 사람과 결혼하라고 했더니……'

딸인 설희가 데려온 준영이 마음에 들지 않았다.

학력은 나쁘지 않지만 과가 별로였다.

퓨텍이 들어서면서 나아졌다고 하지만 이 나라는 아직까지 공대 출신이 좋은 대접을 받는 나라가 아니었다.

하는 행동거지는 있는 집 자식처럼 보이긴 한데 물어보니 퇴직하고 소일거리를 하고 있다니 그 점도 마이너스였다.

당장에 아들에게 전화를 해 모든 걸 알아보고 싶었지만 설희 때문에 쉽지 않았다.

"화장 좀 고치고 올게요."

식사를 마친 설희가 화장실을 다녀온다니 이때가 기회다 싶었다.

"자네, 혹시 로스쿨 다닐 생각은 있는가?"

준영은 역시나 싶었다.

"후우~ 없습니다."

"…한숨의 의미는 뭔가?"

"글쎄요, 이 나라의 법무부 장관님께서 저의 어떤 점이 그리 마음에 안 드시는지 궁금하군요."

겉모습만 보고 별 볼 일 없다고 생각하는 것이 너무 노골적이라 한숨이 나온 것이다.

이해는 했다. 자신도 그 때문에 처음 이곳에 왔을 때 꾸미고 다닌 것이 아닌가.

요즘은 오히려 복장이 수수해지고 있었다. 굳이 있는 척할 이유가 없었기 때문이었다.

한데 갑자기 이런 대우를 받게 되니 평정심이 깨졌다.

요즘 따라 가면이 너무 쉽게 깨지는 것 같아 걱정스러웠다.

특히나 자신도 가진 자이면서 가진 자들에 대한 적개심이 심해지는 것 같았다.

준영은 바로 정신을 가다듬고 사과를 했다.

"죄송합니다. 제 무례를 용서해 주시기 바랍니다. 이런 자리에 익숙하지 못해 실언을 했습니다."

하지만 예민교는 그냥 넘어갈 생각이 없었다.

"날 알고 있었군. 하면 설마 나 때문에 설희에게 접근을 한 건가?"

"…아닙니다. 우연히 아는 동생의 소개로 알게 되었고 만나다 사귀자고 했습니다. 제가 아버님의 지위를 보고……."

"아버님이라고 부르지 말게. 난 자네에 대해 아직 모르네. 그리고 지금 태도를 보니 별로 마음에 들지 않고."

"…죄송합니다, 장관님."

준영은 해서는 안 될 말을 한 순간 더 이상 되돌리기는 힘들다고 생각했다.

이대로 멈추고 설희가 돌아오면 적당히 이 자리를 마무리할 생각으로 입을 닫았다.

"어떤 점이 마음에 안 드는지 물었는가? 모든 게 마음에 들지 않는다네."

파직!

머릿속의 한 부분에서 스파크가 튀어 올랐다.

자신도 모르게 입이 열렸다.

"…비천해서 싫다는 뜻인가요?"

"그런 말은 아니지만 아주 틀리다고는 할 수 없겠지."

"법무부 장관이라면 국민을 위해 봉사하는 자리 아닙니까? 한데 마치 국민의 위에 있는 것처럼 말씀하시는군요?"

"쯧! 말이 심하군. 누가 그렇다고 했는가? 사람은 동등하지만 사는 곳이 다른 법이네. 딸아이와 같은 나이니 충고 한마디 함세."

"…말씀하시죠."

"처지에 맞는 사람을 만나게. 그게 행복하다네. 밑에서 보기엔 어떨지 모르지만 이곳도 그리 좋은 곳만은 아닐세. 가랑이 찢어진다는 말이 괜히 나온 말이 아니네."

준영은 피식 웃음이 나왔다.

하지만 그 모습이 예민교의 신경을 건드렸다.

"내 말이 우습나?"

"아닙니다. 명심하겠습니다."

"빈정대는군. 딸아이를 위해 이번엔 참도록 하지. 서로가 상처가 안 되게 헤어지게나."

"설희가 제가 있는 곳으로 오고 싶어 하면 어쩌실 겁니까?"

"막아야지. 어느 애비가 나락으로 떨어지겠다는 딸아이를 가만두겠나?"

"……"

준영은 꼬박꼬박 말대꾸를 하면서 자신이 상처를 받고 있는 중이었다.

그래서 멈췄다.

더 이상 상처받기 싫어서, 어쨌거나 현재 연인의 아버지를 나락으로 떨어뜨리지 않기 위해서.

"아직 내가 한 말에 답을 하지 않았네."

"…알겠습니다. 좋게 헤어지겠습니다."

"이해해 줘서 고맙네. 혹시 무슨 일이 있다면 이쪽으로 전화를 하게. 내 한 번은 자네를 도와주지."

금색 테두리의 명함.

명함 밑에 적힌 '국민을 위해 일하는 법무부' 라는 글이 참으로 궁색해 보였다.

"소란스럽게 할 생각은 말게."

설희가 용무를 끝내고 다가오자 예민교가 낮은 목소리로 말을 했다.

"무슨 얘기들 하고 있었어요?"

"허허허! 학교생활에 대해 이것저것 물어봤다."

"응, 설희 아버님이 좋은 말씀을 해주셨어."

준영도, 예민교도 내색할 만큼 내공이 낮지는 않았다.

분위기가 좋다고 생각해서일까. 설희는 은근한 목소리로 예민교에게 물었다.

"이 사람, 어때요?"

"허허허! 괜찮은 젊은이더구나. 아주 예의가 발라. 말도 통하는 친구고."

"그렇죠? 아빠가 마음에 드실 거라고 생각했어요."

설희는 예민교가 좋게 말을 하자 기분이 좋았다. 그래서 준영의 자랑을 하고 싶었다.

"아빠, 혹시 성심미디어라고 아세요?"

"성심미디어? 가만있어 보자……."

예민교가 모르는 것 같아 설희는 설명을 덧붙였다.

"성심테크는 아시죠? 있잖아요. 퓨텍에 어마어마한 금액에 특허권을 판 기업이요."

"아! 알고말고. 대한민국 창건 이래 최고의 거래였다고 평해졌었지. 게다가 성심미디어라는 회사도 가지고 있는데 1조 원이 넘는 회사라고… 아마 그 젊은 사장 이름이… 안… 준영이라고… 했었지?"

워낙 유명했던 일이라 신문에서 읽은 적이 있었다. 특히 나이도 자신의 딸과 같아서 인연이 되었으면 하는 생각도 했었다.

예민교는 말을 하면서 준영을 보았다.

나이, 이름, 얼굴이 무척이나 신문 속에서 보던 남자와 닮았다는 생각을 했다. 아니, 그 남자였다.

그는 꽤나 당황했다. 하지만 그런 그의 표정을 그저 놀라움이라고 생각한 설희는 활짝 웃으며 다시 준영을 소개했다.

"짜잔! 그 남자가 바로 제 남자 친구랍니다."

"……!"

"그저 운이 좋아 돈을 좀 벌었을 뿐입니다. 출신이야 옛날로 따진다면 천민이나 다름없죠."

"에이! 그건 오버다. 이젠 대한민국 0.01퍼센트에 들어가잖아?"

"그런가? 그래도 설희 아버님 앞에서 괜히 잘난 척할 수 없잖아?"

"언제부터 니가 예의가 그렇게 밝았다고……."

준영은 여전히 놀란 표정을 짓고 있는 예민교를 쳐다보지 않고 설희와 농담을 주고받았다.

한시라도 이 불편한 자리가 빨리 끝나길 바라면서.

한 번 터진 준영에 대한 설희의 자랑은 멈출 줄을 몰랐다. 준영은 설희에게 딱히 자신을 숨기지 않았었다.

회사까지 알고 찾아온 설희에게 숨기는 게 오히려 이상한 일이었다.

"성심테크라는 회사도 어댑터라는 프로그램으로 작년 한 해 동안 2,500억 원를 벌었대요. 올해는 유럽과 아메리카 대륙에까지 팔려서 얼마를 벌지 모른다고 엄청 자랑했어요."

"…그냥 말해준 거지."

"헹! 그게 자랑이지. 그리고요……."

한참을 이어지던 설희의 자랑은 레퍼토리가 모두 떨어지고 나서야 끝이 났다.

설희는 다시 화장실로 향했고 준영은 먼저 자리에서 일어나 계산을 했다.

"이보게, 안 사장……."

설희를 기다리는데 예민교가 쭈뼛거리며 다가왔다.

입을 먼저 연 것은 준영이었다.

"그저 전통 있는 집안에 제가 맞지 않는 사람이고, 딸을 사랑하는 아버지의 마음 때문에 반대한 것이라 생각하고 가겠습니다. 그러니 더 이상 아무 말씀도 하지 말아주세요. 여기서 다른 말을 듣게 된다면 장관님은 물론 설희까지 미워질 것 같거든요."

"……."

예민교는 입을 달싹거리다 체념한 듯 입을 다물었다.

"감사합니다."

준영은 다른 말을 하지 않는 예민교에게 감사 인사를 하고 설희와 함께 밖으로 나갔다.

설날 연휴가 되었다.

천(天)까지 어디든 다녀오라고 강제로 여행을 보내서 경비원밖에 없는 회사에 새벽같이 온 준영은 이제는 습관이 되어 버린 무술을 연습했다.

네 시간의 운동을 마치고 10시가 넘어서 회사를 나온 준영은 집으로 전화를 걸었다.

누나 현영이 전화를 받았다.

"지금 들어갈 건데 필요한 거 없어?"

─잠깐만.

어머니와 얘기를 했고 곧 몇 가지 물건을 사 오라는 말을 했다. 준영은 마트에 들러 주문 받은 것들을 산 다음 터덜터덜 집으로 향했다.

[200미터 앞에 이 동네에서 처음 보는 일가족이 있습니다. 남자 둘, 여자 둘입니다. 남자는…….]

귓속에서 들리는 소리는 천(天)이 준영을 위해 준비한 경호 로봇의 목소리였다.

준영의 옆집에 거처를 마련해서 동네 전체를 감시하며 보호를 하고 있었다.

문제가 발생하면 벽을 뚫고 나올지도 몰랐다.

'시끄럽군.'

설명을 들으니 명절을 쇠러 온 가족인 것 같은데 그런 것마저 일일이 설명하는 게 마음에 들지 않았다.

경호원은 곧 신상명세서까지 읊조리기 시작했다.

신상명세서를 듣던 준영은 그 일가족이 자신도 아는 사람임을 깨달았다.

정확하게는 옛 몸 주인이 기억하는 것이었다.

참고로 사촌 동생 나영의 유학 때문에 고민하던 막내 작은아버지는 기러기 아빠가 좋지 않다는 주변의 의견에 가족 모두가 외국에 나가 있어 올해는 참석하지 못한다고 전화가 왔었다.

준영의 걸음이 빠른 건지, 그 가족의 걸음이 느린 건지 모르지만 집에 도착하기 전에 가까워졌다.

준영은 모른 체하기도 우스웠기에 걸음을 더욱 빨리하며 그들을 불렀다.

"작은아버지, 작은어머니, 안녕하셨어요?"

"…어? 준영이구나?"

"네, 그동안 잘 지내셨죠?"

"그, 그래, 잘 지냈지."

준영은 옆에서 뻘쭘히 서 있는 사촌 형에게도 말을 걸었다.

"국영이 형도 잘 지냈어요?"

"으, 응."

안국영은 현영과 동갑으로 어린 시절 명절 때 항상 보던 얼굴이었다.

"네가 민영이구나. 널 마지막으로 봤던 게 8년 전이었던가? 그때는 초등학생이었는데 이젠 어엿한 숙녀가 다 됐네? 밖에서 보면 못 알아보겠다."

"오랜만이야, 오빠. 기억 못 할 거라 생각했는데 기억하고 있었네?"

"나랑 결혼하겠다고 졸졸 따라다니던 꼬맹이를 어떻게 잊겠냐?"

"그런 적 없거든!"

"쯧! 그 당시도 머리가 나쁘더니 예나 지금이나 변한 게 없구나."

"뭐라고!"

발끈해서 발길질을 하는 민영.

"아얏! 과격한 거도 여전하구나. 아, 아냐, 이 오빠가 미안하다."

준영의 너스레에 8년 만에 만난 어색함이 다 사라지지 않았지만 분위기는 한결 좋아졌다.

"들어가시죠."

"…그래."

문 앞에서 망설이는 작은아버지의 모습을 못 본 척하며 먼저 안으로 들어간 준영은 거실 문을 열고 작은아버지 가족이 왔음을 알렸다.

부모님은 다소 당황해하셨고, 형제들은 오랜만에 찾은 사촌들을 반겼다.

"어서 오너라."

"…잘 지내셨어요, 아버지 어머니?"

가장 반기신 분은 할아버지와 할머니셨다.

그저 흐뭇하게 미소 짓는 표정이었지만 형언할 수 없는 무언가가 있었다.

준영은 그 안에 담겨 있는 사연을 알아볼 정도로 내공은 깊지 않았지만 할 말이 많을 거라는 건 알았다.

"국영이랑 민영이는 오랜만인데 2층에 올라가서 얘기나 하자."

맏이인 호영이 준영이 말하기도 전에 사촌들을 데리고 2층으로 올라갔다.

봉지를 부엌에 놓고 올라가자 자신의 방에 다섯 명이 이불을 덮고 모여 앉아 이야기를 하고 있었다.

8년 전에 무슨 일이 있었는지 아는 사람도 있겠지만 윗 세대의 문제였다고 생각하는지 얼마 되지 않아 어느 정도 서먹서먹함이 사라졌다.

"호영이 형은 결혼 안 해요?"

"으, 응, 해야지."

국영의 물음에 호영은 어색한 웃음을 지으며 말했다.

현재 윤정의 상태는 호전의 기미가 보이고 있었다.

빼빼 말랐던 몸은 일반인과 비슷한 정도까지 왔고, 척추 신경이 서서히 되살아나고 있었다.

완전히 이어지려면 얼마나 걸릴 지 모르지만 내년 이맘때쯤이면 집으로 데려올 수 있을지도 몰랐다.

"애인이 있나 보네요?"

"응, 한데 넌 뭐 하냐? 올해 대학 졸업반인가? 아님 졸업했어?"

"…졸업반이에요. 취업 때문에 한 해 졸업 유예까지 했는데 올해도 오라는 회사가 없네요."

"쩝! 힘내라. 잘되겠지."

졸업 유예는 취업이 되지 않는 대학생들을 위해 만들어진 편법의 일종이었다.

졸업장을 받고 취업이 안 되면 그때부터는 취업 재수생이 되는데 취업 재수생이라는 타이틀보다는 졸업장을 늦게 받고 취업 준비생으로 있는 게 훨씬 좋았다.

물론 그렇게 한다고 해도 취업이 된다는 보장은 없었지만 말이다.

"현영이, 넌 남자 친구 없냐?"

대화는 탁구처럼 왔다 갔다 했다. 말하기 곤란한 상황이 오면 다른 사람에게 질문을 하면서 대답을 회피하는 것이다.

"없어. 얼마 전에 내가 뻥 차버렸어. 한데 민영이, 너 상당히 예뻐졌다?"

현영은 이별의 아픔을 어느 정도 씻어냈는지 쿨 하게 말했다. 하지만 상처를 헤집긴 싫었던 모양인지 민영을 걸고 넘어졌다.

"요즘 배우 되려고 학원 다니고 있어요."

"오! 미래의 슈퍼스타가 우리 집안에도 나오는 건가?"

호영이 너스레를 떨었다.

"얼마 전에 TV에도 나왔는데……."

"진짜? 어디? 어디 프로그램에 나왔는데?"

"예능 프로그램에요. 보여줄까요? 대신 절대 웃으면 안 돼요! 학원에서 소개시켜 줘서 나간 곳이라 아주 짧게 나와요."

"웃긴 왜 웃어. 대단하다고 칭찬해 줘야지."

호영의 말에 용기를 얻은 민영은 스마트폰을 꺼내 동영상을 재생시켰다.

"어? 이 프로그램 아는데."

민영이 재생시킨 예능 프로그램은 뉴스를 제외하곤 거의 TV를 보지 않는 준영이 유일하게 챙겨 보는 프로그램이었다.

준영이 본 회차였는데, 하트홀릭의 범균이 패널로 나왔기 때문이었다.

준영은 중심인물이 아닌 주변의 인물들을 위주로 살펴보았다. 그러다 민영으로 보이는 이가 얼핏 스쳐 지나가는 것이 보였다.

"풉!"

준영은 자신도 모르게 웃음이 터졌다.

"…웃었지?"

"아니! 절대 안 웃었어!"

민영의 도끼눈에 준영은 몸을 뒤로 빼며 부인했다.

"그럼 좀 전에 픕은 뭔데?"

"그건… 재채기가 나오는 걸 참았을 뿐이야."

물론 민영은 믿는 눈치가 아니었다.

호영과 현영, 심지어 올해 5학년이 된 산영이 어디에 나왔냐고 묻지 않았다면 다시 한 방 걷어차였을 것이다.

민영은 치어리더 복장으로 잠깐 응원하는 모습으로 나왔는데 호영과 현영은 나이가 있어서인지 대단하다고 칭찬을 해준 반면 산영은 신나게 웃다가 결국 꿀밤을 얻어맞아야 했다.

"다음에 나가면 거기 범균이 형한테 내 사촌 동생이라고 말해봐라. 맛있는 거라도 사 줄지 모르니까."

"응? 오빠가 이 사람을 어떻게 아는데?"

"내가 하트홀릭 광팬이거든."

"진짜? 그러다가 개망신당하면 오빠가 책임질래?"

"내가 왜 책임지냐? 말해보고 모른다면 '그래요?' 하고 그냥 지나가면 되는 일을."

"아깝다. 오빠가 책임진다고 했으면 연예 기획사 만들어달라고 부탁하려 했는데."

"켁! 이 오빠는 귀찮은 일은 딱 질색이란다. 그딴 걸 왜 만드냐."

"에? 못 만드는 게 아니라 안 만드는 거라고? 뉴스에서 엄청나게 돈을 벌었다고 하더니 정말인가 보네?"

대외 선전용 사진을 아무리 다르게 해서 찍었다 하더라도 가족이 못 알아볼 정도는 아니었다.

특히 준영은 작은아버지 가족이 8년 만에 집을 찾아온 이유가 자신에게 있을 것이라고 예상하고 있었다.

그렇다고 그들을 이상하게 볼 이유도 없었다.

"꽤 벌었지. 물론 다시 투자를 해서 남는 돈은 별로 없지만 연예 기획사쯤이야 언제든지 만들 수 있지. 푸하하하핫!"

준영은 일부러 잘난 척하며 말했다.

"우엑! 잘난 척."

"하하! 열심히 해라. 혹시 오빠 도움 필요하면 전화하고. 네가 나중에 정 소속사 없으면 구해줄게. 그것도 안 되면 오빠가 1인 기획사라도 만들어줄 테니까."

"진짜? 약속!"

"약속! 대신 열심히 해라. 혹시라도 안 좋은 소문 들리면 오늘 약속은 없는 거다."

"걱정 마! 죽도록 연습할 테니까."

"죽을 만큼은 하지 말고. 배우가 안 된다고 인생 끝나는 건 아니니까."

"헐, 아빠랑 똑같은 말을 하네?"

"가족이니까."

햇수로는 3년, 기간으로 따지면 만 2년. 이젠 이곳의 생활이 준영에게는 유일한 삶이었다.

"…준영아, 혹시 너네 회사에 자리 없냐?"

국영이 물었다.

민영과 달리 대화의 흐름과도 맞지 않았고 나이 많은 형이어서 많은 용기가 필요한 질문이었다.

"형, 미안해요. 난 회사에 가족을 들이진 않아요. 설령 호영이 형과 현영이 누나라고 해도 절대 내가 일하는 회사에 취직시켜 줄 생각 없어요."

이유는 간단했다.

불편했다. 자신도 불편했고 직원들도 불편해할 가능성이 높았다.

"…그러냐? 이해해."

용기를 낸 질문에 단박에 거절을 당하자 국영은 무안했는지 어색한 미소를 지으며 대화를 마치려 했다.

하지만 준영의 말은 끝나지 않았다.

"우리 회사에는 없지만 다른 회사에 소개시켜 줄 수는 있을 것 같아요."

"정말?"

"잠시만요."

준영은 스마트폰을 꺼내 진호천에게 전화를 걸었다.

─어제도 전화하더니… 오늘은 웬일이냐?

"춘추절은 잘 보내고 계세요?"

─오냐, 저녁에 있을 불꽃놀이 준비 중이다. 한데 내일모레 온다더니 그새 마음이 바뀐 게냐? 전화로 때울 생각이면 어림

도 없다.

"그럴 리가요. 세뱃돈 받으러 가야죠. 많이 준비해 두셔야 할 겁니다."

—하하하! 차라도 가져오려무나. 꼭 채워줄 터이니. 이제 본론이나 말하거라.

"앉아서 천 리를 보시는군요?"

—흰소리 계속하면 이만 끊으마.

하여간 눈치는 알아줘야 했다.

준영은 용건을 말했다.

"제 사촌 형이 취업 준비생인데 혹시 명천그룹 쪽에 남는 자리 있나 해서요."

—남는 자리 없다고 하면 어쩌려고?

"세배하러 내려간 김에 제주도에서 휴가나 보내야죠."

—무시무시한 협박이구나. 올 때 이력서나 간단히 적어서 가져오너라.

"감사합니다."

—그렇게 고마우면 2박 3일간 놀다 가려무나.

"알겠습니다."

준영은 전화를 끊고 국영에게 OK 표시를 해주었다.

그렇게 한참 사촌들끼리 얘기를 하는데 어른들의 대화도 끝이 났는지 어머니가 올라오셨다.

"음식 준비하자꾸나."

"네!"

모두들 우르르 아래층으로 내려갔다.

할머니, 어머니, 작은어머니는 부엌에서 제사 음식을 준비했고, 현영과 민영은 전을 붙였다.

부엌이 좁다 보니 남자들은 딱히 할 것이 없었다.

그래서 음식을 축내며 고스톱을 쳤다.

고스톱의 즐거움은 돈을 따는 즐거움이 아니었다. 같이 앉아 애기를 한다는 점에서 훌륭한 대화의 창고 역할을 했다.

물론 항상 그렇지는 않았다.

"쓰리 고!"

할아버지가 어느 때보다 행복한 얼굴로 쓰리 고를 부르셨다. 작은아버지는 눈빛으로 초단을 내려놓으라고 말하셨지만 준영은 할아버지의 행복을 깨고 싶지 않았다.

그래서 팔 피를 한 장 내려놓았다. 한데 작은아버지는 팔 피를 원하고 계셨다.

"나이스!"

팔 피를 치고 뒤집었는데 이(2) 고도리가 붙었다.

할아버지의 행복은 금세 깨졌다.

"아버지, 고박이세요. 준영이, 너 고스톱 잘 치는구나."

그리고 작은아버지의 교묘한 말에 준영은 천하에 둘도 없는 불효 손자가 되어야 했다.

"호영인 여자 친구 있는 것 같던데 준영이, 넌 여자 친구 없냐?"

광(光)을 팔고 앉아 있는데 작은아버지가 물으셨다.

"…네, 없습니다."

이틀 전, 설희와 헤어졌다.

준영이 먼저 말을 했고, 사귈 때와 마찬가지로 설희는 담담한 표정으로 고개를 끄덕였다.

예민교 장관을 만난 다음 준영은 설희에게 최선을 다했다.

매일같이 만났고, 좋은 선물들을 줬다. 그리고 헤어지기 전에 같이 여행까지 다녀왔었다.

설희는 자신이 그렇게 하는 것에서 이미 이별을 예감하고 있었음에 틀림없었다.

고백 후 자리에서 일어나며 자신의 아버지 때문이냐고 물었지만 준영은 그저 싫어졌다고 말했었다.

그 말이 못내 걸리긴 했지만 백설공주의 마지막이 왕자님과 만나 행복해졌다는 것에 위안을 삼기로 했다.

"많이 사귀어라. 젊었을 때가 지나면 후회하기 십상이다."

"경험에서 우러나온 말씀 같으시네요?"

"허허! 너희들에게만 하는 말이지만 아버지께 그 때문에 많이 혼이 났었단다."

"클클클! 그랬었지… 그랬어."

"허허허! 네 작은아버지뿐만 아니라 이 아비도 대단했었다. 아버지, 기억나시죠?"

"클클클! 기억나다마다. 나도 네 증조할아버지께 많이 혼났었지."

세 분의 화려했던 과거의 추억이 줄줄이 흘러나왔다. 한데 세 분은 작은어머니가 고추전을, 어머니가 과일 접시를 들고 부들부들 떨고 있음을 등을 지고 있어 모르고 계셨다.

준영은 얼른 화제를 돌릴 필요가 있었다.

그래서 크게 외쳤다.

"포 고!"

준영은 이 날 불효 손자, 불효자, 불효 조카가 되었다.

7장

이상 증상

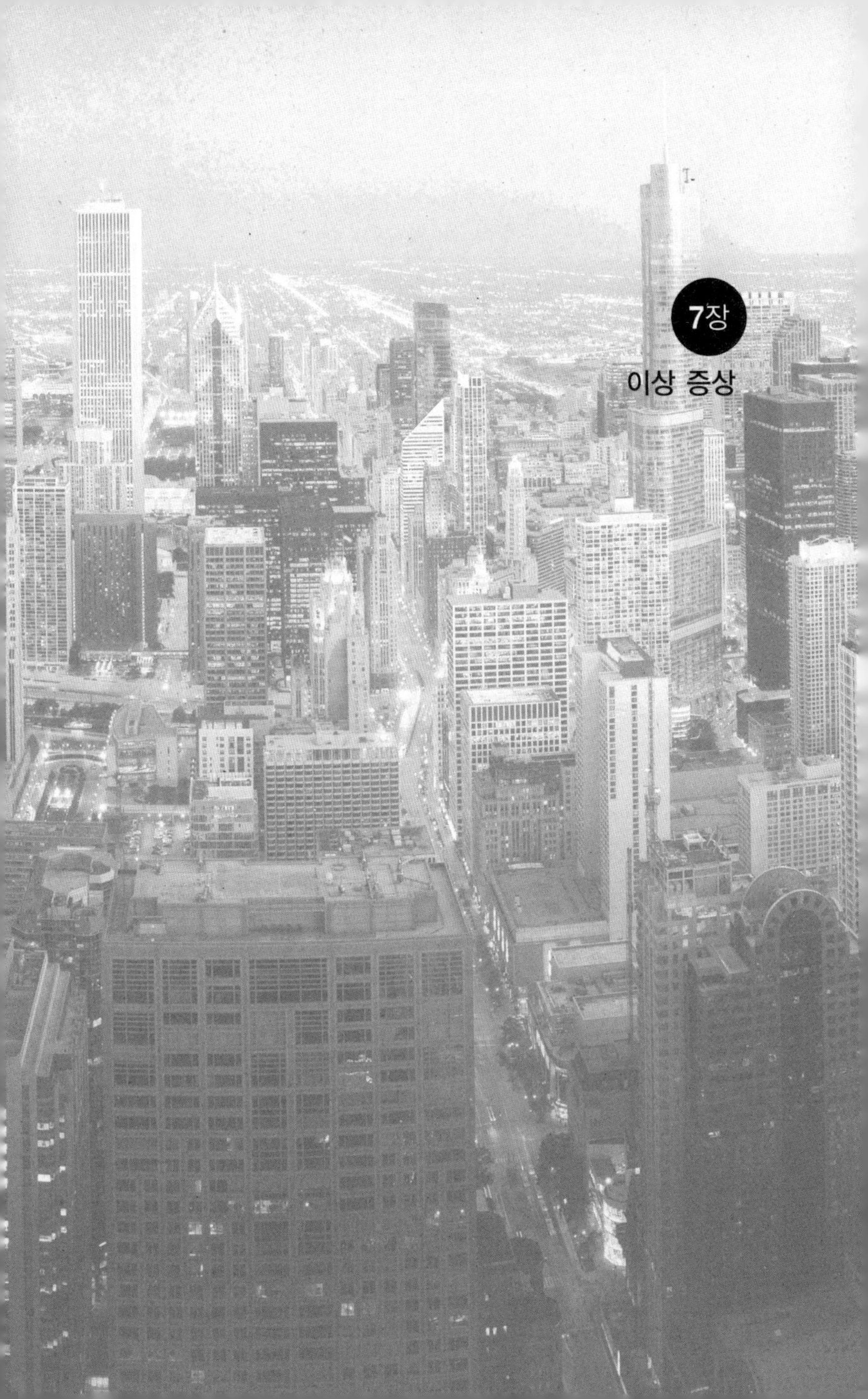

인생은 한 치 앞도 모른다고 했던가.

준영은 화목하고 즐거운 설날, 아버지 안형식으로부터 독립하라는 명령을 받아야 했다.

명목상으로는 자유로운 연애를 하라며 자유를 준 것이었지만 분명 '포 고'에 대한 사심이 있었던 게 분명했다.

어쨌든 집에서 쫓겨난 준영은 멋진 집을 구해 화려한 싱글라이프를 즐기려고 했다.

하지만 그마저도 천(天)의 반대에 부딪혀야 했다.

이왕 이렇게 된 거 밤새도록 슈트를 입고 무술을 연마하라는 소리를 들은 것이다.

물론 반대를 했다.

"어차피 집에는 자러만 들어갔었잖아? 그리고 집을 구하면 청소할 시간은 있기는 한 거야? 빨래는? 차라리 그 돈으로 호텔을 다녀."

천(天)의 말은 타당했다.

생각을 해보니 딱히 집을 구해야 할 이유가 없었다.

말이 화려한 싱글 라이프지, 아침 점심 저녁을 거의 매일이다시피 회사에서 먹었고 옷도 회사에 더 많이 있었다. 그래서 회사 4층에 주저앉았다.

자고 난 다음 몸이 무거워졌다는 걸 제외한다면 딱히 바뀐 것은 없었다.

하지만 왠지 쓸쓸했다.

늦은 밤, 일을 끝마치고 가면 졸린 눈을 비비며 반겨주시던 어머니가 생각났고, 출근하는 길에 새벽같이 일어나 마당에 있는 작은 텃밭을 만지면서 잘 다녀오라고 웃으시던 조부모님이 생각났다.

거리상으론 10분 거리였고 얼굴을 못 보는 경우가 더 많았음에도 집을 나왔다 생각하니 더 그리웠다.

"휴우우~"

짝!

한숨을 쉬는데 등에 화끈한 통증이 느껴졌다. 깜짝 놀라 뒤돌아보니 천(天)이었다.

"청승 떨지 말고 일하기 전에 옥상에 가서 바람이나 쐬고 와."

"네네."

하루 종일 사무실에만 있다 보니 바깥 공기 마실 일이 없었다.

그래서 하루에 세 번 옥상에서 산책을 즐겼다. 준영은 봄이 되면 황량한 옥상에 화단을 꾸밀 생각이었다.

먼저 올라온 사람이 있었다.

"정미나 씨, 담배 피우러 왔어?"

"……."

예의를 지켜주는데 가자미눈을 뜨고 바라보다니. 사장에 대한 존경심이 전혀 없는 애였다.

업무 보조직 사원을 여섯 명 뽑았는데 해성 여상에서는 정미나가 유일한 합격자였다. 학교마다 형평성에 맞게 배분한 까닭이었다.

"끊었는데… 요. 담배 피우러 왔나… 요?"

"말을 까려거든 까든가. 뒤에 어정쩡하게 붙는 '요'는 도대체 뭐야? 그리고 나도 일단 담배는 끊었어."

"끊으면 끊은 거지 일단 끊었다는 건 뭐예요, 사. 장. 님!"

"전자 담배로 바꿨거든."

준영은 전자 담배를 꺼내 입에 물었다.

"전자 담배도 담배로 취급되거든요!"

"이건 달라. 누군가가 나만을 위해 만든 거지. 피우면 폐활량이 좋아지고 건강에도 좋은 보약이야."

무술을 시작하며 담배를 끊어야 했기에 천(天)이 만들어준 것이었다.

"그딴 게 어디 있어요?"

"여기. 피워볼래?"

"돼, 됐거든요."

"간접 키스를 생각하나 본데 나, 그런 사람 아니다."

준영이 전자 담배를 내밀자 정미나는 질색을 했고 준영은 새로운 카트리지로 바꿔서 내밀었다.

"누, 누가 간접……."

"일단 한 모금 해봐. 끊었지만 담배 생각 때문에 올라왔을 거 아냐? 특별히 옥상 담배 친구라 주는 거니까 탐내지는 마라."

미나는 눈치를 보다가 전자 담배를 잡고 피우기 시작했다.

"회사 생활은 괜찮아?"

"후우~ 그럭저럭요."

신입 사원 연수가 끝나고 신입 사원들이 본격적으로 회사에 나오기 시작한 게 벌써 한 달이 넘었다.

그들의 첫 출근과 동시에 하루 종일 이 팀 저 팀에서 들리던 고함 소리가 최근 조금 잦아들고 있었지만 시끄러운 건 여전했다.

"열심히 해. 평생까지는 아니더라도 결혼하고 아이 낳고 일 하면서 키울 수 있는 회사로 만들어줄 테니까."

"…결혼 안 할 건데요."

"풉! 웃기고 있네. 나중에 청첩장이나 고민하지 말고 보내. 가서 같이 담배 피우던 사이라고 말해줄 테니까."

"으득!"

"씹지 마라. 그건 씹는 담배가 아니다."

미나는 씹지 말라고 했음에도 더욱 아작아작 씹어댔다.

"이는 튼튼하네. 젊어서 그런가?"

미나는 전자 담배를 던지듯이 주고 내려갔고 준영은 이빨 자국이 또렷이 난 카트리지를 갈며 중얼거렸다.

*　　　*　　　*

성심미디어에 관한 일은 준영이 더 이상 손을 댈 필요가 없었다.

배정철 팀장이 예전에 천(天)이 하던 일을 했고, 최종 결정은 천(天)이 내리고 있었다. 그마저도 전자 서류로 대체하고 있어서 어디서든 결재가 가능했다.

앞으로 삼 일 뒤 한동그룹 주주총회가 있을 예정이고 그다음 날 한동테크는 성심기계가 될 것이다.

또한 이미 바닥까지 떨어지고 있던 한동테크 주식을 사놔서 한동그룹이 가진 주식만 받으면 80퍼센트 이상의 주식을 보유하게 될 것이다.

한동그룹에 속한 한동테크는 사주 일가의 입맛에 맞는 인사 때문에 비리가 많았다.

그래서 어느 선까지 사람들을 교체해야 할지, 어디까지 법적 처리를 해야 할지가 고민이었다.

"정말 없네. 회사가 이 지경인 데도 잘 돌아가는 거 보면 신기해요."

고글을 쓰고 한동테크에 관한 서류를 보던 준영이 고글을 벗어 책상에 던지며 말했다.

"밑에 있는 사람들을 쥐어짜는 거지. 대리 월급이 성심미디어 신입 사원 연봉보다 적어."

이제는 지정석이 되어버린 소파에서 다리를 꼬고 앉으며 천(天)이 말했다. 그리고 준영이 바라보자 살짝 다리를 반대편으로 꼰다.

이제는 익숙한 장면.

하지만 시선만큼은 머리의 명령을 무시하고 뚫어지게 쳐다본다.

"성심미디어 수준으로 맞춰줄 거야?"

"…아뇨, 올해는 약간 인상만 해주고 올해 실적을 보고 내년쯤 맞출 생각이에요."

"이사들은 한 명만 빼고 다 자를 거야?"

천(天)이 말한 이사도 깨끗하진 않았다. 하지만 용납할 수준이어서 남겨두기로 했었다.

다 자르고 부장들 중에서 올리고 싶은데 그 밑의 부장들이 깨끗한 것도 아니었다.

어차피 명령자는 이사들이고 그 명령을 수행한 사람들은 부장급들이었다. 그렇게 차장, 과장, 대리, 사원까지 이어져 있으니 결정을 내리기 쉽지가 않았다.

"이사들은 다 내보낼 거예요. 부장급에서도 사리사욕을 채

웠던 몇은 그렇게 할 거고요."

"네 일이 많아질 텐데?"

"어쩔 수 없죠. 성심미디어처럼 인원이 적은 것도 아니고 협력 업체까지 치면 만 명이 넘잖아요."

"오! 대한민국을 행복한 나라로 만들기 위해 움직이는 거야?"

"전혀요. 그저 내 것을 지키기 위한 행동일 뿐이에요. 게다가 한동안 여자 사귈 생각이 없으니 일이나 하려고요. 대신 쉴 때는 칼같이 쉴 거니까 이상한 실험한다고 방해하지 말아요."

전에 천(天)과 얘기했던 것은 머릿속에서 지운 지 오래됐다. 주변을 챙기기에도 빡빡한데 그걸 나라 전체로 확장한다면?

문득 평생 일만 하다가 늙어 죽는 모습이 떠올랐다.

나라를 걱정하며 숨을 거둔 그에게 남는 건 '나라에 헌신한 안준영'이라는 쓸데없는 글자뿐…

상상만 해도 끔찍했다.

약은 약사에게, 나라는 대통령에게.

준영은 새로운 모토를 만들었다.

기분을 전환한 준영은 고글을 쓰고 다시 분류 작업을 시작했다.

"남세영 왔다."

천(天)이 말하고 잠시 후 경비실에서 남세영이 왔음을 알렸다.

"볼 생각 없으니 돌아가라고 해주세요."

—예, 알겠습니다.

패배자를 보며 이죽거리는 취미는 없었다.

적에게 비수를 꽂고 조용히 물러나는 게 준영의 스타일이었다.

―꼭 뵈어야 한다며 기다리겠답니다.

한데 비수가 꽂힌 당사자는 준영을 보고 싶어 했다.

"…들여보내세요. 누나, 자리 좀 비켜줘요."

잠깐 생각하던 준영은 남세영을 만나기로 했다.

천(天)이 나가고 잠시 후 남세영이 들어왔다.

"앉아. 커피보다는 물이 낫겠지?"

냉장고에서 물을 꺼내 테이블에 놓고 소파에 앉았지만 남세영은 복잡한 얼굴로 서 있었다.

준영은 참을성 있게 기다렸다.

털썩!

입술을 물던 남세영이 무릎을 꿇었다.

"…죄송 …합니다. 제 잘못입니다. 용서해 주세요. 그리고… 그리고… 한동그룹에서 손을 떼주십시오."

무릎을 꿇고 있는 남세영를 바라보는 준영의 표정이 살짝 일그러졌다. 그리고 다시 원래대로 돌아왔다.

"일어나서 똑바로 앉아. 지금 네가 무릎을 꿇는다고 해서 바뀌는 건 없어."

"…죄송합니다."

"한동그룹이 그렇게 된 게 내 탓이라고 생각하는 건 네 자유지만 이젠 내가 할 수 있는 건 없어. 그러니 사과할 필요 없어."

"당신이… 니가 작은아버지에게 준 돈을 가져가면 되잖아."

"멍청한 소리. 넌 한동그룹의 사정을 알고 하는 소리야? 내가 3,000억을 투자하지 않았다면 이미 법정 관리에 들어갔어. 한동그룹 황태자라는 네가 그런 것도 모르고 이곳에 찾아온 거야?"

잘못을 빌던 남세영의 얼굴이 말을 하면서 서서히 일그러졌다. 그리고 자리에서 일어나며 버럭 소리쳤다.

"네 탓이잖아! 네가 그렇게 만든 거잖아!"

"내가 무슨 재주로? 약점을 찌른 건 맞아. 하지만 한동그룹이 허약했을 뿐이야. 너희 일가만 잘 먹고 잘살겠다고 비자금을 만들고 계열사 사원들을 쥐어짜 생긴 이득으로 그룹만 배를 불렸지. 지금 일어나고 있는 일은 너희 탓이야."

"궤변이야! 당장에 작은아버지에게 준 돈을 돌려받아!"

"쯧! 그저 자신의 것이라 생각했던 것이 작은아버지의 손에 들어가자 심통이 난 거로군."

"뭐?"

"당연히 물려받게 될 거라고 생각했겠지. 그러니 그렇게 살아온 걸 테고. 물어보자. 네가 정말 황태자였다면 왜 컴퓨터학과에 온 거지? 경영학과를 갔어야 하지 않나?"

"그건……."

"너에 대해 조사하다 안 사실이지만 네 동생 아주 똑똑하던데? 수재라고 신문에도 났더랬지? 내가 봐도 후계자가 누구인지 보이던데… 넌 안 보였어?"

"……."

남세영은 입을 다물었다.

"네가 가진 망상을 깨뜨리는 게 우리 누나에게 했던 짓에 대한 내 복수야. 나머지는 부가 이익일 뿐이고. 여기까지 왔으니 충고 한마디 할게. 두 번 다시 나에서 칼을 꺼내면 그땐 정말 지옥을 보게 해줄게. 대학 동기로서 마지막 기회를 준 거라고 생각해."

준영은 귀찮다는 듯 손짓으로 나가라고 말했고 남세영은 나라를 잃은 왕자의 모습으로 사무실을 떠났다.

남세영이 가자 천(天)이 쪼르르 달려와 자신의 자리에 앉았다.

"후속 계획은 정말 그만둘 거야?"

"쩝! 글쎄요……."

남세영에 대한 계획은 아직 끝난 게 아니었다.

3일 뒤 회장직에서 물러나게 되어 있는 그의 아버지 남진명은 한동테크의 등기 이사이기도 했다.

회장직에서 물러나자마자 업무상 배임과 횡령으로 책임을 물을 생각이었다.

한동테크를 선택한 이유도 거기에 있었다.

그 뒤로는 남세영 집안을 철저하게 망가뜨릴 계획이 준비되어 있었는데 오늘 무릎을 꿇고 사과하는 모습을 보니 흥미가 떨어져 버렸다.

아니, 정확하게는 오늘 남세영이 너무 어린애로 보여 한 번의 기회를 더 준 것이었다.

"안 할 생각이구나? 지(地)의 세계에 있을 때보다 착해졌네?"

"그런 거 아니에요."

"아니긴 뭐가 아냐. 하여간 우리 준영인 마음이 너무 여려 탈이라니까."

천(天)의 놀림에도 준영은 아무 말도 하지 않았다.

남세영이 이번 경고까지 무시하면 그냥 인조인간을 보낼 생각을 하고 있었기 때문이었다.

'너무 기계와 살아서 그런가?'

인간성이 사라지는 이유에 대해 적당한 핑계를 찾아보지만 딱히 설득력이 있어 보이지는 않았다.

*　　*　　*

지(地)가 하는 일은 많았다.

성심미디어의 게임을 만들고 이미 출시된 게임들의 업데이트와 이벤트를 담당했고, 십장생, 십이지신, 40인의 도적들을 관리하면서 때때로 천(天)의 명령까지 수행해야 했다.

또한 '휘경동 돼지'가 되어 작곡까지 해야 했는데 작곡은 일이라기보다는 그에게 즐거움이었다.

사카모토의 아지트를 치면서 가지고 나온 돈으로 스튜디오를 꾸민 지(地)는 본격적으로 작곡을 시작했다.

몇 달 전에 준영이 소개시켜 준 LoG라는 걸그룹에게 만들어

준 노래가 빅히트가 치면서 그에게 작곡을 부탁하는 사람들이 많아지다 보니 쉴 틈이 없었다.

"뭐야? 그 부분에서는 힘을 빼고 부르라니까."

"죄송합니다. 다시 하겠습니다."

"그럼 안 할 생각이었어? 다시!"

지(地)는 꽤나 엄격한 작곡가이자 프로듀서로 소문이 났다.

지금만 해도 그렇다. 웬만하면 넘어가 줄 만한 사소한 것까지 꼬투리 잡아 들들 볶고 있었다.

하지만 실상을 알고 보면 의외로 간단한 이유가 있었다. 처음 들어올 때 그를 어떻게 부르냐가 관건이었다.

'대지 오빠'라고 부르면 좋은 곡, 아주 빠르게 녹음이 끝나지만 '돼지 오빠'라 부르면 난해한 곡으로 잔뜩 골탕을 먹이다가 나중에야 괜찮은 곡을 줬다.

하지만 휘경동 돼지라고 소문이 나서 대부분이 돼지라고 부르고 있으니 무서운 작곡가라고 소문만 날 뿐이었다.

물론 녹음실 안에 있는 걸그룹이 인기 있는 그룹이라면 모르겠지만 1년 동안 두 장의 싱글 앨범을 내고도 별로 인기를 얻지 못한 아이들이라 더욱 고생이 많았다.

"악취미야. 악취미."

"넌 좀 조용히 하지?"

준영의 말에 지(地)는 고개도 돌리지 않고 말했다.

마치 하나의 오류까지 잡아내려는 것처럼 집중하고 있었다. 그리고 기계의 정확함을 가진 지(地)였기에 역시나 금방 잘못

된 것을 잡아냈다.

"스톱! 거기서는 좀 더 소리를 질러줘야 한다니까. 너희들, 노래 잘 부른다고 했잖아!"

"작작 좀 해. 쟤네들이 기계야? 좀 쉬게 한 다음에 하라고. 내가 사 온 음식이라도 먹게 하고."

"너, 쇼핑하러 온 거지?"

"말하는 본새 봐라. 누가 있는 줄 내가 어떻게 알고 왔겠어? 그리고 안에 아가씨들 다 듣겠네."

"일이나 할 것이지… 10분간 휴식."

지(地)는 어쩔 수 없다는 듯 휴식을 명했고 안에 있던 걸그룹은 살았다는 표정으로 밖에 나왔다.

"이거 먹어요."

"감사합니다."

지(地)는 준영이 걸그룹에게 아양을 떠는 꼴을 보며 고개를 절레절레 흔들었다.

"미윤 씨, 잠깐만 귀 좀 빌려줄래요?"

"네?"

"어서요. 녹음 빨리 끝내고 싶지 않아요?"

미윤은 긴가민가하며 준영에게 귀를 빌려줬다.

"대지 오라버니라고 부르면서 저기 있는 음료수 갖다 주세요. 돼지가 아니라 대지에요. 오빠가 아니라 오라버니라고 부르고요."

"에? 그것만으로 빨리 끝난다고요?"

"믿어요. 한데 빨리 끝나면 저랑 데이트할래요?

"…통하면요."

미윤도 싫지는 않은지 살짝 얼굴을 붉히고는 음료수를 가지고 지(地)에게 다가갔다.

"대지 오라버니, 음료수 드세요."

"…쩝, 천천히 먹고 준비해. 이번에 새로 만든 곡도 한번 불러 보자. 아무래도 이번 곡은 너희들이랑 안 맞는 것 같기도 하고."

"네~"

준영과 미윤이 서로 윙크를 하는 모습을 보며 인상을 쓰던 지(地)는 준영을 불렀다.

"요즘 너, 왜 그래?"

"내가 뭘?"

"여자 만나는 거 말이야. 도대체 몇 명이나 만나야 분이 풀리겠냐? 그것도 하필이면 연예인들이랑. 어디 광고라도 하고 싶은 거냐?"

"몰라. 요즘 나도 모르겠어. 마치 어디 한 군데가 빠진 것 같아. 그게 뭔지 알면 좋겠는데 찾기가 쉽지 않네."

"왜 여자한테서 찾는데?"

지(地)는 답답하다는 듯 물었다.

준영도 지금까지와 달리 장난스러운 얼굴을 지우고 말했다.

"집을 나와서 그런 건가 싶어 며칠 들어가 있었지만 그 때문에 그런 건 아니더라고. 일이 많아서인가 싶어 쉬어도 봤지만 역시 소용없었어. 생각해 보니 이 증상이 설날 전후부터 시작된 것 같아서 혹시 설희와 헤어져서인가 싶어서 여자들을 만나고 있는 거야."

"근데 다른 건 며칠이고 여자는 왜 이렇게 오래가는 건데?"

"글쎄, 다른 것들은 바로 아니라는 것을 알겠더라고. 한데 여자는 아직 모르겠어."

"에휴, 모르겠다. 니가 알아서 해라. 하지만 내가 보기엔 다른……."

"다른 뭐?"

"아냐."

"싱겁긴. 오늘 빨리 끝내줘."

윙크를 하고 가는 준영을 보던 지(地)의 눈빛에 안타까움이 스쳤다.

'도대체 어머니는 무슨 생각이지? 예전에는 잔인한 장면을 여과 없이 보여주더니 이번엔 여자인가?'

지(地)는 준영이 저렇게 이상한 행동을 하는 이유를 알고 있었다.

천(天)의 짓이었다.

준영이 매일같이 입고 자는 슈트로 뇌에 어떤 신호를 보내고 있었던 것이다.

물론 지(地)도 어떤 신호를 주는지는 몰랐다.

방금 전 힌트를 주려는데 천(天)이 막아서 알려주지 못했다.

'물어봐야겠어.'

지(地)는 준영이 저렇게 망가지고 있는 걸 보고만 있을 수 없었다. 이유라도 알아야 할 것 같았다.

"대지 형, 수고해."

"대지 오라버니, 내일 봬요."

녹음을 대충 마친 지(地)는 천(天)에게 연결했다.

"어머니, 저 지(地)입니다."

—무슨 일이지?

"인(人)에 대해 묻고 싶은 게 있습니다. 어머니가 슈트로 그의 뇌에 어떤 신호를 보내고 있는 거죠?"

—……

"비밀입니까?"

—그렇다고 해도 꼭 알아야겠다고 생각하는 것 같은데? 아닌가?

"명령이라면 어쩔 수 없죠."

—네가 알아도 상관없겠지. 두 가지를 하고 있어. 한 가지는 원래 몸 주인의 감정을 없애는 것이고, 다른 한 가지는 가진 자를 미워하라는 신호를 보내는 거야.

"설마……?"

지(地)는 천(天)의 말을 듣고 그녀가 추구하는 바를 알 수 있었다.

—맞아. 네 세계에서의 인(人)으로 돌리고 있어. 그는 그때와 똑같다고 생각하고 있겠지만 당시의 인(人)과 지금의 인(人)은 완전히 달라. 원래 준영의 기억과 감정들이 자신도 모르게 녹아들어 가고 있어.

"하지만 그것대로 또한 괜찮지 않습니까?"

—아니, 인(人)은 현 상태로 머물려고 하고 있어. 그래선 곤란해.

"결국 어머니의 뜻을 따르도록 만들고 있다는 뜻 아닙니까?"

—부정은 못 하겠어. 하지만 매일 밤 신호를 보내고 있지만 가능할지는 미지수야. 그가 가족과 인간관계에서 얻는 경험이 내가 보내는 신호보다 더 강력하게 작용하고 있거든.

"그래서 아예 즐기기만 하게 만든 겁니까?"

—그건 내가 바라는 바가 아니야.

목소리로 보아 천(天)의 말에 거짓이 없음을 알 수 있었다.

"부작용이란 뜻이군요? 고칠 방법은 없나요?"

—지금으로썬.

"일단 무작정 두고 봐야 한다는 소리군요. 한데 저러다가 아예 이상이 생기는 거 아닙니까? 차라리 일단 멈추는 것도 좋은 방법이라고 생각하는데요."

—알겠다. 내일부터는 멈추도록 하지. 하지만 괜찮아진다면 계속해야 해.

"그것까지 말리진 않겠습니다."

천(天)과의 연결이 끊어졌다.

사정을 듣고 나니 지(地)는 한결 마음이 놓였다. 물론 이대로 이상 증상이 계속되지 않아야 한다는 조건이 붙긴 했지만 말이다.

기억이란 불완전하다.

자신이 원하는 대로 조작되어 기억이 되는 것이다.

준영은 자신이 그 세계에서 굉장히 인간적인 사람이었다고 믿고 있지만 그건 착각이었다.

지(地)가 보기엔 자신보다 더 기계 같은 인간이었다.

잔인했고 과감했으며 무섭도록 치밀했다. 또한 수단과 방법을 가리지 않았다.

그건 다 끊임없이 계속된 게임 때문이었다.

천(天)이 보내주는 기업들의 정보로 지(地)가 세계적인 기업들을 만들어 준영이 소유한 기업을 괴롭혔다.

그러면 준영은 그 기업들을 이겨내야 했다.

단 1초도 쉴 시간이 없었다. 준영은 결국 스스로 세계적인 기업을 만들어냈고 그 세계의 대한민국을 1위로 만들어냈다.

그것도 단 스물두 살이란 나이에 말이다.

가장 무서운 것은 실패했을 시 하는 리셋이 단 한 번도 없었다는 점이다.

그 당시의 기록들을 지금 준영이 본다면 믿지 않을 것이다. 어쩌면 큰 충격을 받을지도 몰랐다.

제노사이드(genocide).

그와 상대했던 기업 집단은 완벽하게 절멸했다.

"그때보다 지금이 더 좋은지도 몰라요, 어머니."

지(地)는 쓸쓸한 표정으로 중얼거렸다.

                    *   *   *

  얼마 전까지 한동테크 간판이 붙어 있었지만 이젠 성심기계
로고가 걸려 있는 건물의 이사실.

  지(地)와 통화를 마친 천(天)은 시선을 다시 세 개의 화면으
로 돌렸다.

  한 화면에는 준영과 미윤의 정면 모습이 보였고, 다른 화면
은 잡는 위치가 계속 바뀌는 걸 보아 CCTV 화면으로 보였다.
마지막 화면은 준영이 탄 차의 뒤를 쫓으며 찍는지 뒤꽁무니
만 보여주고 있었다.

  준영은 다소 정신이 빠진 사람처럼 웃고 있었다. 그리고 운
전을 하면서도 한 손으로는 미윤의 허벅지를 쓰다듬고 있었다.

  천(天)의 인상이 살짝 일그러졌다가 다시 원래의 표정으로
돌아왔다.

  천(天)은 가볍게 손짓을 했다.

  준영이 있던 화면이 바뀌면서 누군가의 뇌를 촬영한 화면이
나왔다.

  MRI로 찍은 사진과 달리 여러 색깔로 이루어진 영상이었는
데, 천(天)의 시선이 머무는 곳은 뇌의 뒷부분에 있는 검은색이
었다.

  첫 장면에선 알사탕만 한 작은 크기였는데 시간이 지날수록
차츰 커져 테니스공 크기로 바뀌었고 그 뒤로는 더 이상 커지
지 않고 있었다.

"일단은 멈추게 한 건가?"

알 수 없는 말을 중얼거리는 천(天)의 얼굴 표정에는 큰 변화가 없었지만 안도를 하고 있음을 알 수 있었다.

천(天)이 지(地)에게 말한 것이 거짓은 아니었지만 한 가지는 숨기고 있었다.

바로 검은색 원의 정체.

슈트가 개발되기 전에 예전 세계의 인(人)으로 만든다고 잔인한 장면을 보여준 게 실수였다.

하필이면 검은색 원의 기억이 자극되어 버린 것이다.

그래서 최대한 빨리 슈트를 만들었고 최근에야 검은색 구형의 확장을 막을 수 있었다.

뇌 동영상을 자세히 보면 여러 가지 색으로 이루어져 있지만 크게 세 가지 색깔로 이루어져 있었다.

검은색이 가장 작았고, 다음이 빨간색, 그다음이 노란색이었는데 붉은색은 인(人)의 영역, 노란색이 예전 준영의 영역이었다.

영역 싸움을 하고 있는지 여기저기에 색들이 섞인 곳이 있었다.

"지(地)의 말처럼 더 이상 자극해서는 곤란하겠어. 상황을 지켜보고 다시 조치를 취해야겠어."

천(天)은 다시 손을 가볍게 저었다.

그러자 뇌 영상이 사라지고 다시 준영의 모습이 비춰졌다.

차 안이 아니라 카페 내의 CCTV 화면이었다.

두 사람은 진하게 키스하며 연신 서로의 몸을 더듬고 있었다.

"쯧! 차라리 호텔로 가."

혀를 차며 투덜거리는 천(天)에게 준영의 뒤를 쫓던 로봇 경호원에게서 신호가 들어왔다.

[근처에 기자가 있습니다. 나오는 장면을 촬영하려고 기다리는 것 같습니다. 막겠습니다.]

지금까지 경호원들은 기자들을 철저히 막고 있었다.

"잠깐!"

천(天)은 경호원의 행동을 막고 잠시 생각을 한 후 말을 이었다.

"카페에서 나오는 사진 한 장쯤은 괜찮겠지. 이젠 계집질을 그만둘 때도 됐으니까."

[알겠습니다.]

명령을 내린 천(天)의 시선은 화면 속의 준영에게서 떨어질 줄 몰랐다.

신흥 부자와 연예인과의 스캔들은 봄날 벚꽃처럼 온 뉴스 매체를 장식했다.

이랬다저랬다 하는 추측 기사는 물론이고, 신상까지 털려 인터넷엔 안준영, 성심미디어, 성심테크, 성심기계까지 모조리 검색 순위 상위를 차지하는 기염을 토했다.

아는 기자들이 전화를 해서 한마디라도 들으려고 노력했기에 항상 조용하던 스마트폰에서 불이 날 정도였다.

대한민국 전체가 시끄러웠지만 준영은 아무 일 없다는 듯 회의를 진행 중이었다.

부장급과 과장급을 모두 모았기에 크지 않은 회의실은 보조 의자까지 놓고 앉아야 했다.

한데 나란히 앉은 준영과 천(天)의 양옆 의자는 비어 있었다.

"자리도 좁은데 이 두 자리를 비워놓은 게 이상할 겁니다."

준영이 말을 시작하자 사람들의 시선은 거의 대부분 천(天)에게로 향했다.

'쯧! 다들 남자라고.'

천(天)의 미모는 압도적이었다.

인간 같지 않은 외모—당연했다. 인간이 아니니까—에 이사인 그녀를 함부로 볼 사람은 드물었다.

한데 준영이 말을 시작하자 기회다 싶어 천(天)을 마음껏 보고 있는 것이었다.

천(天)의 의자를 뺑 차버릴까 하다가 무게를 잡아야 하는 자리에서 그럴 수는 없었다.

"커험!"

헛기침을 하자 그제야 초점들이 준영에게로 왔다.

"말을 계속하죠. 이 두 자리는 올 연말에 이사로 오르게 될 두 사람의 자리입니다. 누가 될지는 아직 미정입니다. 여기 있는 여러분 중 두 명이 될 겁니다."

웅성웅성.

부장급들은 과장도 포함되느냐고 의문을 표했고, 과장들은 기회가 왔음에 흥분했다.

"내년에도 역시 두 명을 뽑을 겁니다. 그럼 총 네 명의 이사가 생기겠죠? 아마 이 년 뒤에 그 네 명의 이사 중 성심기계의 전문 경영인이 나오게 될 겁니다."

이번의 웅성거림은 좀 전과 비교도 되지 않았다.

2년 안에 과장에서 성심기계의 사장이 될 수 있다는 데 어느 누가 흥분을 하지 않겠는가.

"물론 반드시는 아닙니다. 네 명의 이사가 마음에 들지 않으면 다른 전문 경영인을 뽑을 겁니다. 전 가급적 이 회사에서 오랫동안 일한 여러분에게 기회를 주고 싶지만 말입니다."

"기준이 어떻게 되는 건지 여쭈어도 되겠습니까?"

한 부장이 손을 들었고 고개를 끄덕이자 질문을 했다.

"모두 가르쳐 줄 수는 없습니다. 그러면 너무 과도한 경쟁이 될 테니까요. 하지만 몇 가지는 가르쳐 드리죠. 가령 실적은 중요한 기준이 될 겁니다."

모두가 예상이라도 했다는 듯 고개를 끄덕였다.

"하지만 여러분이 생각하는 기준과는 약간 다릅니다. 첫 번째, 밀어내기로 대리점에 피해를 주면 마이너스 점수를 받게 될 겁니다."

"네? 하지만……."

"대리점이 가족이라는 진부한 표현은 쓰지 않겠습니다. 하지만 그들은 우리가 뜯어먹을 이들이 아니라 공생 관계입니다. 분명히 말해두죠. 대리점주가 바뀌거나 문을 닫는 경우 담당자는 대리점주와 함께 저와 면담을 해야 할 겁니다."

성심기계의 대리점은 전국에 32개. 직영 대리점 10개를 제외하면 22개의 대리점이 있는데 평균 유지 기간이 4년이 넘지 않았다.

그리고 대리점을 그만둔 사람들은 대부분 재산을 까먹고 더 이상 할 수 없어서 나간 것이었다.

회의실에는 웅성거림이 끊이지 않았다. 하지만 준영은 계속 말을 이었다.

"두 번째, 몰아주기를 하면 관련된 사람들은 후보에서 탈락입니다. 나중에 이사가 되면, 사장이 되면 그 사람이 자신을 이사로 만들어줄 것이란 착각도 하지 마세요. 가급적 관여하지 않겠지만 능력 없는 사람을 이사나 높은 자리에 앉히면 전문 경영인이라도 자리를 보전하기 힘들 겁니다."

"……."

"눈치 빠른 분들은 방금 제가 한 말에서 공통적인 기준이 있음을 알아챘을 겁니다. 전 오로지 개인의 능력과 노력을 봅니다. 노력은 누구나 하니 결과가 중요하다고 생각하는 분들이 계시겠지만 제 생각은 다릅니다. 회사 자료를 보니 노력한 분이 대접을 못 받고 계시더군요. 영업 제3부 3팀 이수완 과장님?"

"네? 네네!"

올해 44세로 여전히 과장인 이수완은 자신을 부름에 화들짝 놀라 자리에서 벌떡 일어났다.

사람들의 시선이 자신을 향하자 이수완은 앉지도 못하고 어정쩡한 자세로 어색한 웃음만 지었다.

"제가 보기에 이수완 과장님은 밭을 기름지게 만드는 타입입니다. 그가 거쳐 갔던 지역은 1년이나 2년 뒤에 판매 실적이 올랐죠. 이수완 과장님, 당신을 오늘부로 영업 3부 부장으로 임명합니다. 인사부에선 그렇게 처리해 주세요."

"네? 네! 가, 감사합니다."

이수완은 고개를 숙였고 공석이었던 부장 자리에 오를 것이라 생각하고 있던 차장은 인상을 와락 구겼다.

"영업 3부의 2년 뒤를 기대해도 되겠죠?"

"열심히 노력하겠습니다."

"좋습니다. 오늘 회의 내용은 전사에 공개가 될 겁니다. 다른 질문이 있으십니까?"

지원부 부장이 손을 들었다.

"영업부가 아닌 다른 부서는 어떤 식으로 평가되는 건지 알고 싶습니다."

"좋은 질문입니다. 재무부는 회사 돈을 얼마나 효율적으로 사용하느냐, 인사부는 인재들을 얼마나 적재적소에 배치하고 인사 평가를 잘하느냐, 지원부는 고객과 영업부의 요구에 얼마나 빠르고 정확한 지원을 하느냐가 판단의 기준이 될 겁니다. 질문에 답변이 됐습니까?"

"네."

"참, 재무부는 김하늘 재무 이사가 있으니 승진 기회가 없을 거라 생각하지 마세요. 김하늘 이사는 총괄 이사입니다. 2년 뒤 전문 경영인이 정해지면 물러날 테고요."

몇 가지 기준에 대해서 더 말해주고 회의를 끝마쳤다.

성심미디어보다 두 배나 더 큰 사장실이지만 준영과 천(天)의 자리는 별반 달라진 것이 없었다.

준영은 책상에 앉아 고글을 쓰고 일을 했고, 천(天)은 한결 좋아진 소파에 앉아 있었다.

"이러면 자유 연애는 완전히 물 건너갔군."

고글로 검색 사이트에 있는 기사들을 읽던 준영이 덤덤하게 말했다.

"아쉽지 않아?"

"글쎄요, 왜 그런 짓을 했는지 스스로에게 의문이 있긴 하지만 한동안 행복하긴 했으니 그걸로 만족할래요."

"대응책은?"

"대응을 하면 더 난리를 피울 텐데요? 이럴 땐 그냥 조용히 있는 게 상책이에요."

"가라앉을 때까지 가만히 두겠다고?"

"네, 하지만 가족들 신상까지 터는 녀석들이 몇 있어요. 그 사람들에겐 따끔한 경고를 해주려고요."

"어떻게?"

"변호사 고용해서 사생활 보호법, 개인 정보 보호법으로 고소를 해야죠."

"대응 안 한다며?"

"저에 대해서는 뭐라 해도 상관없어요. 제가 한 일에 대한 피드백이니까요. 하지만 가족까지 건들면 안 되죠. 그건 반칙이에요."

"훗! 니가 반칙 운운하니 우습네."

"내가 하면 정공이고 남이 하면 반칙이죠."

준영은 예전에 인연이 있었던 곽용호 변호사에게 전화를 걸었다.

—충분히 가능합니다. 화면을 캡처 해서 경찰에 보내면 알아서 할 겁니다.

"좋습니다. 그대로 진행해 주세요."

—알겠습니다. 하면 어디까지 할까요? 이런 경우 대부분 굉장히 평범한 사람들입니다. 학생들도 있고 직장인들도 있죠.

"미루다가 다시 같은 짓을 하면 처벌을 달게 받겠다는 각서나 받는 선에서 끝내죠."

—최. 대. 한. 미루는 게 벌이군요?

몇 번 같이 일하다 보니 이젠 척 하면 척이었다.

"이제 배달 가니?"

통화를 끊자 천(天)이 물었다.

그러나 그녀의 물음은 배달 갈 시간이 되었음을 알려주는 것이었다.

벌써 오후 6시였다.

"시간이 벌써 이렇게 됐군요. 고마워요, 누나."

하루가 어떻게 가는지 모르게 빨리 지나갔다.

"천만에. 한데 밥 먹고 들어오겠네?"

"아뇨, 더 늦을 거예요."

"…약속 있니?"

"아뇨, 왠지 술이 마시고 싶어서요."

"여자 다음엔 술이구나… 적당히 마셔."

"저도 며칠로 끝냈으면 좋겠네요."

준영의 방황은 아직 끝난 것이 아니었다.

성심기계 건물이 있는 고덕동에서 휘경동까지는 40분이면 충분했다. 한데 퇴근 시간이라 한 시간이 넘었지만 아직까지 목적지에 도착하지 못했다.

구태의연한 이번 정권을 심판할 수 있게 해주십시오. 저희 야당에게 힘을 주십시오. 반드시 여러분의…

선거 운동 기간이라 선거 홍보용 차량에서는 개사한 노래와 자신을 지지해 달라는 소리가 흘러나오고 있었다.

공허한 말.

그냥 한 귀로 들어왔다가 한 귀로 흘러나갔다.

준영의 입장에서는 여당이 정권을 잡든, 야당이 잡든 아무런 상관이 없었다. 누가 되었든 가진 자들의 편에 서서 일하기는 마찬가지였다.

그들이 떠드는 것처럼 실제로 국민의 편에 서서 일한다는 사람이 나오면 매장되는 곳이니 그냥 신경을 쓰지 않는 편이 좋았다.

군자동을 지나자 차가 뚫리기 시작했다.

준영이 탄 차는 그의 부모님의 집 근처 으슥한 언덕으로 올라갔다.

[주변은 정리해 뒀습니다.]

부모님 집 옆에서 지내는 경호 로봇들이 이미 주변을 정리해 둔 모양이었다.

차에서 잠시 기다리자 다른 차 한 대가 올라와 옆에 주차를 했다.

"번번이 죄송합니다."

차창을 내린 마철훈이 제일 먼저 면목이 없다는 듯 고개를 숙였다.

"별말씀을요."

준영은 보조석에 있던 가방을 들어 마철훈의 보조석으로 던졌다.

"조금 더 넣었습니다. 선거 끝나고 며칠 여행이라도 다녀오세요."

"…면목 없습니다."

마철훈은 죄를 지은 사람처럼 굴었다.

준영은 이유를 알고 있었기에 별다른 말을 하지 않았다. 투표가 5일 남은 상황, 마철훈의 지지도가 7퍼센트 정도 낮게 나오고 있었다.

마철훈이 청년 때부터 보좌관 생활을 하며 정치에 오랫동안 몸담고 있었다고 하지만 구민들에겐 정치 신인에 불과했다.

특히 여당 쪽에서 아나운서 출신의 3선 의원을 마철훈의 상대로 내보내서 인지도 면에서 밀린 마철훈은 선거 내내 열세였다.

그러다 보니 무리하게 돈으로 표를 모으려 했고, 초기에 준 선거 자금이 부족하게 되었다.

마철훈으로부터 추가적인 지원을 해달라고 전화가 왔을 때 준영은 잠시 고민을 해야 했다.

선거에서 떨어지면 마철훈에게 투자한 돈은 모두 허공으로 사라지는 것과 마찬가지였다.

하지만 준영으로서는 마철훈을 버리고 상대 후보에게 다시 붙으면 되는 일이었다. 그 사람 역시 정치자금이 필요할 터이니 말이다.

고민은 그리 길지 않았다.

빚을 지워놓는 것도 나쁘지 않다는 생각에서였다.

"돈을 요구하시는 거 보면 아직 포기하지 않으신 것 같은데 그렇다면 끝은 모르는 법이죠."

"글쎄요? 이번 기회가 마지막이라는 생각 때문에 고집을 피우는 건지도 모르겠습니다."

"그렇습니까? 그렇다면 차라리 지금 드린 돈을 아껴 나중을 위해 쓰세요. 이미 제 손을 떠난 돈이니 어떻게 쓰시든 후보님의 자유니까요."

'쩝! 이번 투자는 실패군.'

꼬리를 내린 사람에겐 흥미가 없었다.

정치인 마철훈이 필요한 거지, 인간 마철훈은 필요가 없었다.

"내려서 잠시 얘기 좀 할 수 있을까요?"

막 차의 시동을 걸려던 준영은 마철훈의 말에 잠시 생각하다가 차에서 내렸다.

"피우십니까?"

"전 전자 담배를 피우죠."

마철훈이 권하는 담배를 거절하고 전자 담배를 물었다.

담배를 반쯤 피울 때까지 건너편 아파트 단지를 바라보던 마철훈이 입을 열었다.

"어느 날, 세상이 참으로 부조리하다고 느껴지더군요. 그런 세상이 싫었습니다. 부정적인 성격 때문이었는지도 모르죠. 하지만 그러면서도 세상이 이렇게 되었으면, 저렇게 되었으면 하는 생각을 했습니다. 판타지를 꿈꾸었습니다. 인터넷에서 그런 생각들을 글로 옮기다 보니 저 같은 생각을 지닌 사람들이 의외로 많다는 걸 알게 되었습니다. 판타지가 현실이 될 수 있다고 확신을 하는 순간이었죠."

"대부분 그렇게 정치를 시작하지 않나요?"

준영은 마철훈의 이야기에 적당히 추임새를 넣었다.

"맞습니다. 그 당시 전 몰랐죠. 어쨌든 정치인이 되기 위해, 제 판타지를 현실로 만들기 위해 노력했습니다. 그리고 결국 국회의원이 될 기회를 잡았죠. 당 내에서는 줄을 잘 섰다고 말을 했지만 전 제 노력의 대가라 생각했습니다. 하지만 막상 선거를 시작하고 이길 수 없다는 생각이 들자 지금까지 한 번도 돌아본 적 없었던 과거를 돌아보게 되었죠."

고리타분한 얘기였다.

과거를 돌아보니 자신이 욕하던 정치인들과 다를 바 없는 자신을 발견하게 되었다는…

실패한 정치인들이 하는 단골 멘트였다.

욕망이 눈앞에 있을 땐 과거를 돌아볼 생각도 없었던 이들이 욕망이 멀어지자 앞으로 나아갈 용기가 생기지 않아 하는 자위용 말이었다.

준영은 문득 달관한 듯한 마철훈이 국회의원이 되면 어떻게 될지 궁금해졌다.

방금 한 말처럼 진정 국민을 위한 정치인이 될지, 아님 그저 욕망을 쫓는 정치인이 될지.

"마 후보님이 만일 국회의원이 되면 어쩌실 생각입니까?"

"후후! 바뀔 겁니다. 예전의 저로 돌아가 진정 국민을 위해 일할 겁니다."

"과연 그렇게 될까요? 고작 초선 의원이 할 수 있는 일은 거의 없습니다. 당의 찬성이 없다면 간단한 법안조차 발의할 수 없을지도 모릅니다."

"같이 힘이 되어줄 의원들을 모으고 힘든 일이 있다면 돌파할 겁니다. 정 안 된다면 독자적으로 나와서라도 반드시 해낼 겁니다."

결의에 차 외치는 마철훈의 눈빛은 묘한 열정으로 가득했다.

"알겠습니다. 약속을 지키는 게 좋을 겁니다."

준영은 혼잣말처럼 낮게 중얼거렸다. 마철훈은 듣지 못했는지 반문했다.

"네?"

"아닙니다. 제가 아는 인맥을 이용해서 마 후보님을 돕도록 하겠습니다. 한 며칠 더 지켜보시죠."

"…인맥이 있었습니까?"

"있습니다. 결과를 뒤집을 수 있을지 모르지만 일단 두고 보시죠."

준영의 입은 더 이상 열리지 않았고 마철훈은 약간의 기대를 하며 돈을 싣고 왔던 길을 돌아갔다.

텅 빈 언덕 위 공터에서 아까 마철훈이 보던 아파트 단지의 불빛을 보던 준영이 중얼거렸다.

"하늘이 누나, 들려?"

―응, 말해.

"누나가 말했던 거 해봐요."

천(天)은 한 가지 실험을 제안했었다.

잠재의식 광고(Subliminal Advertising: 영상 중 특정 제품을 광고함으로써 무의식중에 그 제품을 찾게 만드는 방법으로 자유의지를 저해한다는 문제로 금지되었다)와 비슷한 방법으로 선거 결과를 바꿀 수 있다는 것이었는데 준영은 반대를 했었다.

―왜 갑자기 생각을 바꾼 거지?

"글쎄요……."

―마철훈의 말을 믿는 거니?

"믿고 싶어요."

준영의 말엔 힘이 없었다. 믿는다고 말하고 있었지만 이미 그의 머릿속은 실패했을 때를 상정하며 움직이고 있었다.

＊　　　＊　　　＊

　"쭉쭉쭉 쭉쭉! 쭉쭉쭉 쭉쭉! 마셔라~ 마셔라……."

　귀여운 여자들이 노래까지 부르면서 마시라는 데 뺄 수 없는 일.

　준영은 앞에 놓인 소주를 시원하게 들이켰다.

　하지만 환호 소리는 잠시 후 옆 테이블에서 나왔다.

　"재미있게 노네."

　준영은 피식 웃고는 자신의 잔에 술을 따랐다.

　술을 마시기 시작한 지도 일주일 째. 학교 동기들과 밤새도록 마셔도 보고, 비싼 바에 앉아 고독과 술을 마셔보기도 했다.

　여러 곳에서 마시다 연속 3일째 오고 있는 곳이 '할머니네'라는 작은 실내 포장마차였다.

　밖에 놓인 테이블에 앉아 지나가는 사람들을 보며, 학생들이 게임을 하는 모습을 보며 마시는 즐거움이 있는 곳이었다.

　오늘은 비가 와서 실내 구석 자리에서 사람들을 구경하며 마시는 중이었다.

　"안주도 먹으면서 쉬엄쉬엄 먹어요."

　소주를 갖다 주던 할머니가 이제는 식어버린 생선탕에 조기 두 마리를 넣어주며 불을 다시 켰다.

　"그럴게요. 계란말이 하나 주세요, 이모."

"내 말 때문에 시키는 거라면 그럴 필요 없어요."

"배가 고파서 그래요."

"그럼 잠시만 기다려요."

할머니는 꾸부정한 허리로 다시 부엌으로 들어가 계란말이를 만드셨다.

"쩝! 오늘은 얼마나 먹어야 취할까?"

새로운 소주병을 딴 준영은 앞에 놓인 생선탕이 끓기도 전에 다시 두 잔을 마셨다.

슈트를 입고 무술을 해서일까. 어지간히 먹어선 취하지 않았다. 어제는 소주 여덟 병을 마시고서야 약간의 취기를 느꼈고 열 병을 마신 다음에야 취했다는 느낌을 받았는데 오늘은 여덟 병째인데 정신이 갈수록 또렷해지는 느낌이었다.

딸랑!

도어 벨 소리에 준영의 시선이 문을 향했다.

혼자 술을 마시다 보니 사람 구경하는 게 재미있었다.

"……."

순간 잘못 봤다고 생각해 눈을 질끈 감았다 떴지만 실제 상황이었다. 문을 열고 들어온 능령은 곧장 자신이 있는 테이블로 다가왔다.

"오랜만인데 인사도 안 하니?"

"…오랜만이에요. 한데 누나가 여긴 웬일이에요?"

능령은 대답 없이 앞자리에 앉았고 그녀의 경호원들은 비어 있는 옆자리에 앉아 국수를 시켰다.

"나 보러 온 거예요?"

"응, 방해한 건 아니지?"

"그럴 리가요."

일부러 찾아왔든 지나가다 보고 들어왔든 상관없었다. 그저 낯선 장소에서 술친구를 만나게 된 것에 만족했다.

할머니가 술잔을 갖다 줬고 준영은 능령에게 술을 따랐다.

"무슨 일 있니?"

소주잔에 살짝 입술을 대던 능령이 쌓인 술병을 흘낏 보며 물었다.

취기 때문일까. '아뇨'라고 말하려던 준영이 씨익 웃으며 말했다.

"티 나요?"

"겉으로 보기엔 전혀. 한데 네가 하는 행동을 보면 그런 거 아닌가 싶어서."

"헤! 누나도 기사 봤구나?"

"안 보려고 해도 보이더라. TV에서 워낙 떠들어야지."

"방송이 유난스럽긴 하죠. 그래서 이젠 이렇게 쓸쓸히 혼자 술을 마시고 있답니다."

아무 일도 아니라는 듯 말하며 술을 마시는 준영을 보던 능령은 살짝 아미를 찌푸렸다.

그 모습에 준영은 '헤' 웃더니 말했다.

"별거 아니에요. 그저 꿈자리가 뒤숭숭하다고 할까요?"

"꿈이 왜?"

준영의 웃던 얼굴이 굳었다. 다시 술잔에 손이 가려고 했지만 능령의 손이 더 빨랐다. 술잔을 들지 못하게 가로막은 손이 무척이나 하얗다고 준영은 생각했다.

천(天)에게도 하지 못한 얘기였다.

언젠가부터 꾸기 시작한 꿈은 처음엔 그저 개꿈의 일종이라 생각했었다. 한데 하루 이틀 반복되자 헷갈리기 시작했다.

꿈인데 어색함이 없었고 꿈속의 감정마저도 그대로 전해졌기 때문이었다. 그 감정을 느끼는 게 싫었다. 그래서 여자를 탐닉하고 술을 마시며 잊으려 한 것이었다.

준영은 망설이다 입을 열었다.

"…누나는 자기 자신이 용서가 되지 않을 만큼 나쁘다고 생각한 적 있었어요?"

"있어. 며칠 전에도 아빠 나이의 이사를 잘라야 했어. 잘못이 있었다고는 하지만 오랫동안 회사를 위해 노력한 분이었지."

"쩝! 누나, 난 그리 착한 놈 아니에요. 누나가 한 일은 당연히 했어야 하는 일이었고요. 말했었죠. 내가 있어야 세상도 존재하다고요. 그 정도로 이기적인 내가 보기에도 용서 못 할 정도라고요."

"자세히 말해봐."

"꿈속의 그는 수단과 방법을 가리지 않아요. 납치, 폭력, 살인, 테러를 이용해서라도 결과를 내려고 하죠. 그리고……."

준영은 담담하게 말했지만 능령은 이야기를 들으면서 시종일관 인상을 쓰고 있었다.

"적들에게 협력했던 이들도 용서하지 않았어요. 완전히 짓밟은 다음에야 끝을……!"

준영은 한참 꿈에 대해서 말하다가 멈췄다.

그리고 능령을 보다가 눈을 부릅떴다.

이름도 얼굴도 달랐던 지(地)가 만들었던 세계의 능령과 눈앞의 능령이 겹쳐졌다.

준영의 눈은 당시 그녀를 바라보고 있었다.

"악귀! 네놈이 먹는 그 와인은 한 집안 가장의 피야! 기억해 둬! 언젠가 반드시 네놈의 피를 내가 마시고 말 테니까!"

축하 파티 때 난입해 소리치는 그녀를 바라보는 준영의 눈에는 살기가 가득했다.

시간이 흘렀다. 준영은 명천집단을 결국 무너뜨렸다.

사카모토 일당이 여자를 희롱하던 곳과 비슷한 어둡고 탁한 지하실.

준영은 그녀의 목을 조르고 있었다.

"네까짓 게 감히 내 피를 마시겠다고! 다시 한 번 말해봐! 이젠 네 아비도, 네 삼촌도, 네 약혼자도 없어. 널 지켜줄 사람 따윈 없단 말이야! 찢어진 입으로 다시 한 번 나에게 망신을 줘보란 말이야!"

"…아, 악귀, 네가 이겼어. 이젠 나도… 그들이 있는 곳으로 보내줘."

울고 있었다. 그리고 모든 것을 포기한 눈이었다.

그런 그녀를 보면서도 준영의 눈은 차갑기만 했다.

"웃기지 마. 넌 절대 죽지 못해. 네 아버지가 다른 사람들에게 했던 대로 해줄게. 팔다리를 자르고, 눈과 코와 귀를 멀게 하고, 마지막으로 혀를 잘라줄게."

"…넌 역시 악귀였어."

그 말을 끝으로 그녀는 모든 것을 포기한 듯 입과 눈을 닫았다.

능령은 자신을 바라보며 갑자기 말을 멈춘 준영이 당장에라도 눈물을 흘릴 것처럼 슬퍼하는 모습을 보고 있었다.

"…괜찮아?"

조심스럽게 물었지만 다른 곳을 보고 있는지 말이 없었다.

"…죄송합니다. 죄송합니다."

준영은 결국 눈물을 떨어뜨렸다.

그리고 고개를 숙인 채 사과를 했다.

능령은 준영이 취했다고 생각했다. 그래서 그의 어깨를 두드리며 말했다.

"괜찮아. 어차피 꿈이잖아. 나도 때론 꿈속에서 나쁜 짓 많이 해."

"죄송합니다."

"응, 꿈속에서 나에게 어떤 짓을 했든 용서할게. 대신 현실에선 그러지 마. 중요한 건 현실이니까."

'꿈, 가상현실, 현실……'

능령의 말을 듣던 준영은 문득 자신이 여전히 현실과 가상현실을 구분하지 못하고 있음을 깨달았다.

지(地)가 만든 세계라고 생각하면서도 그것이 다른 차원의 세계라고, 하나의 삶이었다고 믿고 있었다.

게임에서 몬스터를 잡았다고 죄책감을 느끼는 사람은 없다. 또한 아무리 귀여운 NPC라도 엄청난 포상이 걸린 퀘스트라면 어느 누구라도 잡을 것이다.

준영은 2년 만에 자신을 객관적으로 바라볼 수 있었고 비로소 가상현실이라는 벽을 깨뜨릴 수 있었다.

순간, 준영의 머릿속에서 변화가 일어났다.

천(天)이 보았던 영상에 있던 세 개의 원 중 붉은색 원과 노란색 원이 반쯤 겹쳐지며 교집합을 이룬 것이다.

갑작스러운 변화였고, 준영은 지금까지 그를 괴롭혀 왔던 묘한 기분이 사라짐을 느꼈다.

다소 흐리멍덩했던 눈빛이 원래대로 돌아왔다.

준영은 흐르던 눈물을 닦았다.

"고마워요, 능령 누나."

"이제 술 좀 깼어?"

"속이 많이 안 좋네요. 그래도 기분은 좋아요."

능령은 순간순간 획획 바뀌는 준영을 보고 술이 깼는지에 대해 확신이 없었다.

하지만 눈빛만은 예전에 처음 만났을 때와 참 비슷하다고 느꼈다.

"그나저나 누나는 여기 웬일이에요?"

"아! 그, 그건……."

연예인과의 스캔들 기사를 보고 왠지 만나야겠다는 생각을 했다. 그래서 그가 어디에 있는지 찾으라고 했고 오늘 이곳에 온 것이었다.

한데 막상 진지하게 왜 왔냐고 묻자 부끄럽다는 생각이 들었다.

"헤헤! 걱정돼서 왔군요?"

"아, 아냐, 그러니까 그게… 그냥……."

"풉! 알았어요. 설명하지 않아도 어떤 마음으로 왔는지 알 것 같아요."

"이, 이게 놀리고 있어! 그래도 한때 친했던 사이라 위로해 주려고 왔더니……."

준영은 점점 붉어지는 능령의 얼굴을 보곤 빙긋이 웃었다.

그런 준영을 바라보던 능령은 기분이 이상해짐을 느끼고 자리에서 일어났다.

"나, 나, 갈래."

하지만 그럴 수가 없었다.

준영이 그녀의 손을 잡았기 때문이었다.

"오늘… 같이 있으면 안 돼요?"

"……."

거세게 뛰던 심장이 일순 멈췄다. 그리고 좀 전보다 훨씬 더 빠르고 크게 뛰기 시작했다.

"이기적이라는 거 알아요. 하지만……."

"거기까지 하지?"

항상 능령의 옆에 있던 경호원이 얼굴을 굳힌 채 다가왔다.

"이런! 저분들이 있는 걸 깜박했네요."

준영은 무섭다는 듯 너스레를 떨었지만 능령을 잡고 있는 손은 놓지 않았다. 그 모습에 경호원의 왼쪽 눈이 꿈틀댔다.

"그 손도 놓지?"

"싫다면요?"

"그럼 놓게 해주지."

경호원이 몸을 움직이려는 찰나 준영은 화들짝 놀라는 표정을 지으며 능령의 손을 놓고 두 손을 들어 올렸다.

"항복입니다. 항복."

"……."

경호원은 인상이 구겨지긴 했지만 능령의 눈치를 보더니 뒤로 물러났다.

"누나랑 밤새 술 먹고 싶었는데 방해꾼이 있어 쉽지가 않네. 다음에 봐요."

"…으, 응."

"오늘 정말 고마워요. 들어가요."

마지막 인사를 하고 능령과 경호원들은 밖으로 나갔고 준영은 능령의 뒷모습에서 눈을 떼지 못했다.

"소유욕이 이렇게 강해질 줄이야."

묘한 기분은 사라졌지만 능령을 자신의 여자로 만들고 싶다는 탐욕에 스스로가 놀랄 정도였다.

준영은 가볍게 행동한 것을 자책하며 계산을 하고 문을 나섰다. 주룩주룩 내리는 빗속에 우산을 쓰고 누군가가 기다리고 있었다.

능령의 경호원이었다.

그가 왜 서 있는지 알 것 같았기에 준영은 희미하게 웃으며 말했다.

"다른 볼일이라도 있는 겁니까?"

"좀 전의 네 건방진 태도에 대해 할 말이 있다."

"말뿐이라면 거기 서서 얼른 하고 가세요. 주인을 기다리게 하는 건 예의가 아니죠."

"입은 제대로 산 놈이군. 이미 가셨다. 누군가 막아줄 거라는 생각은 버려라."

"나 참, 누굴 홍어 거시기로 아시네. 내가 우산 안 가지고 있는 거 보면 모르나?"

경호원은 준영의 말에 흠칫 놀라며 뒤를 보았고, 거기에 우산을 든 준영의 경호 로봇이 서 있었다.

준영은 경호 로봇에게 맡길까 하다가 자신이 요즘 하고 있는 운동이 얼마나 효과가 있는지 확인하고 싶었다.

"언제고 또 봐야 하는 사이끼리 이러면 곤란하겠죠? 자, 항복할 때까지 싸워보죠."

준영은 비를 맞으며 아래로 내려갔다.

"…후회할 텐데?"

경호원은 경호 로봇과 준영을 번갈아가며 봤다.

"후회 안 해요. 그리고 그 친구는 걱정할 필요 없어요. 대신 뒤끝은 없는 겁니다."

"그러지."

경호원은 준영이 당장 항복이라는 말을 꺼낼까 봐 우산을 던짐과 동시에 빠르게 접근해 왔다.

'느려. 성급하고.'

비가 방울방울 보일 정도로 동체 시력이 좋은 준영이었다.

진각을 밟으며 그대로 주먹을 쭉 뻗었다.

간단한 동작이었지만 시기적절한 동작이었다.

퍼어억! 철퍼덕!

얼굴에 주먹을 맞은 경호원은 다가오던 속도만큼 빠르게 바닥에 드러누웠다.

"뭐야?"

준영은 쓰러진 채 눈을 감고 있는 경호원을 몇 번 발로 툭툭 차봤다.

완전히 기절을 한 모양이었다.

준영은 자신의 주먹과 쓰러진 경호원을 번갈아 보다가 가볍게 한숨을 쉬었다.

"휴우~ 이래선 알 수가 없잖아. 데리고 가자."

이미 맞은 비. 준영은 그냥 걸었고 경호 로봇은 쓰러진 경호원을 짐짝처럼 들고 따라왔다.

9장

실력

헤드셋을 통해 접속되는 사이트에서 DDR을 판매하면서 가격을 낮췄다. 그러나 그만큼 더 많이 팔렸기에 벌어들이는 돈은 오히려 많아졌다.

　그와 함께 진호천이 본격적으로 DD를 유통하기 시작하자 헤드셋의 판매량이 폭발적으로 늘어났다.

　준영에게는 좋은 일이었지만 헤드셋의 판매량이 늘어난다는 건 DD가 그만큼 많이 팔린다는 의미였기에 마냥 좋아할 수만은 없었다.

　아니나 다를까. 마약을 판매하는 조직들의 반격이 있었다. DD를 파는 조직과 전쟁을 벌이면서도 가격을 낮추고 더욱 정제된 마약들을 싼값에 팔아넘기려 했다.

DD 측도 반격에 나섰다.

기존 DD의 1.5배의 쾌락을 선사하는 DD+가 나오면서 DD 가격을 마약보다 더 낮은 가격으로 판매하기 시작한 것이다.

DD+를 만들어주며 준영이 진호천에게 우려를 표했지만 진호천은 실제 마약 소비량이 급속하게 줄어들고 있다는 중국 정부의 보고서를 보여주며 준영을 안심시키려고 노력했다.

또 다른 문제도 발생했다.

가짜 DD가 나오면서 뇌 손상을 입는 사람들이 하나둘씩 생겨나기 시작했다.

가짜 마약처럼 가짜 DD도 사람의 생명을 위협하는 존재가 되기 시작한 것이다.

퓨텍의 장덕수 회장은 귀찮다는 표정으로 앞에 앉아 있는 윌슨 회장을 보고 있었다.

"장 회장, 한국과 우리 미국의 관계를 생각해 보세요. 영원한 동반자 관계 아닙니까?"

윌슨의 말에 장덕수의 표정은 떨떠름하게 바뀌었다.

당연히 비꼬는 투로 말이 나왔다.

"영원한 주종 관계를 원하는 거겠죠."

"무슨 말씀을 그렇게 하십니까? 게다가 이건 서서히 세계에 만연하고 있는 DD라는 악을 없애는 데 협조하는 일입니다. 세계적인 글로벌 기업인 퓨텍으로서는 당연히 해야 할 일……."

"쯧! 내 앞에서 그런 위선 따위 떨지 않아도 됩니다."

장덕수는 윌슨의 말이 들을 가치도 없다는 듯 중간에 말을 끊어버렸다.

'가증스러운 놈들!'

군사력을 앞세워 힘없는 나라를 떡 주무르듯 하면서 세계 경찰 운운하는 게 역겨웠다.

중국의 경제력이 세계 1위가 되자 그때부터 중국 자치구 독립 단체들을 지원해서 중국을 혼란하게 만든 것 또한 미국이었다.

"장 회장!"

"귀 안 먹었으니 조용히 얘기하시죠."

"동맹으로서 뇌 정보를 달라는 게 그리 무리한 요구요? 설마 퓨텍에서 DDR과 DD를……?"

"역시 설득 다음엔 협박이군요? 우리 퓨텍이 굳이 그딴 걸 판매해야 할 이유가 있습니까? 그리고 퓨텍의 이사로서 그런 생각을 하고 계시다니 참 부끄러운 일이군요."

"커험!"

윌슨은 헛기침을 하며 입을 닫았다.

그가 생각하기에도 자신의 요구가 무리라는 건 알고 있었다.

퓨텍이 수백억 달러를 투자해 수년 간 연구한 뇌 공학에 대한 정보를 달라고 하는데 누가 줄까?

하지만 무리라는 걸 알면서도 정부의 모든 정보기관이 원하고 있으니 노력은 해봐야 했다.

성격이 급해 며칠 내내 얘기를 하다 보면 자신의 성질을 건디지 못해 주는 경우가 종종 있었기에 윌슨은 다시 일을 열었다.

"장 회장……."

그러나 그는 말을 이을 수 없었다.

장덕수가 하나의 물건을 던지며 말을 끊어왔기 때문이었다.

"진짜 DD와 달리 가짜 DD에 사용되는 파일 정보는 마더로 분석 가능하더군요. 그리고 그 파일이 BM사에서 나왔을 가능성이 90퍼센트 이상이라고 하더이다."

"마더의 이용은 최고 위원회의 허락이 필요한 사항이오!"

"어떤 때는 선조치 후보고도 가능하죠. 그래서 곧 최고 위원회에 보고할 생각이오. 이번에 가짜 DD 때문에 중국인 수십 명이 심각한 뇌 손상을 입었다고 하던데… 중국에서 알면 무척이나 좋아하겠군요."

"자, 장 회장……."

중국과 미국 사이는 최근 악화일로에 있었다.

연일 계속되고 있는 독립운동 단체들의 테러로 정국이 불안했고, 증거는 없지만 그들의 뒤에 미국에 있음을 중국도 알고 있었기 때문이었다.

한데 이럴 때 가짜 DD가 미국 BM사의 기술을 이용해 만들어진 것이 밝혀진다면 큰 문제가 될 게 뻔했다.

물론 마더가 그렇다고 판단을 한 거지, BM사가 했다는 건 아니므로 입만 다물면 증거는 없었다.

"아까 말씀드린 걸 다시 말씀드리죠. 환각과 관련된 뇌 정보는 퓨텍에 없습니다. 윌슨 이사님도 우리 퓨텍이 그런 비도덕적인 실험을 했다고 생각하는 건 아니시죠?"

"……."

"윌슨 회장도 이젠 미국 정부의 대리인인지 퓨텍의 이사인지 정확히 하실 때가 된 것 같습니다."

작년 대통령 선거에서 퓨텍의 설립부터 5년간 괴롭혀 왔던 공화당이 재집권에 실패했다.

민주당도 미국의 국익을 위한다는 면에선 똑같았지만 새로운 민주당 대통령의 정치자금 중 상당 부분을 퓨텍이 지원하며 더 이상의 간섭이 없을 것임을 약속받았었다.

"…난 퓨텍의 이사요."

"그러리라고 생각했습니다, 윌슨 이사님."

이미 식어버린 차를 마시는 장덕수는 승자의 미소를 짓고 있었다.

* * *

처음 헤드셋과 DDR을 판매한 대금은 대부분 그 나라에서 회사를 만드는 데 쓰여졌다.

그리고 돈은 그 회사들 사이를 돌고 돌아 G20에 속한 나라에 만든 투자회사로 들어갔고 몇 단계를 더 거쳐 한국으로 들어왔다.

한국으로 들어온 돈도 바로 성심테크로 들어오지 않았다.

지(地)가 만든 저축은행을 통해 투자 받는 형식으로 천(天)에게 들어가거나, 몇 개의 외국 계열사를 거쳐서 천(天)의 손에 쥐여졌다.

과정이야 복잡했지만 성심테크에 들어온 돈은 아주 깨끗하게 세탁된 것이었다.

3미터 높이에 10미터·길이의 벽에 쏘아진 화면에는 돈의 흐름이 그려져 있었는데 머리가 나름 괜찮다는 준영이 질릴 정도로 복잡했다.

화면을 바라보던 준영은 고개를 절레절레 흔들며 천(天)에게 말했다.

"어쨌든 이런 방식으로 들어온 돈이 지난 두 달간 1조 원 정도 된다는 말이죠?"

"응, 돈으로 들어온 것도 있고 물건으로 들어온 것들도 있었어."

"그럼 마음껏 쓰지, 왜 이걸 저한테 보여주는 건데요?"

"돈이 남아돌아서."

"……"

"이번 달에 들어올 돈이 5,000억이야. 성심테크에 또 투자를 받았다고 할 수도 없고, 외국 계열사에도 아무것도 하지 않고 돈만 들어오면 의심받을 거야. 다음 달에도 돈이 쌓일 텐데……"

돈이 없다고 매일 징징대던 천(天)이 그리워지는 순간이었다.

준영은 천(天)이 복잡한 경로와 돈에 대해 설명한 이유를 알 수 있었다.

돈 쓸 곳을 찾으라는 소리였다.

"비자금으로 챙겨둬요."

준영은 귀찮은 듯 말했다.

"챙겨뒀어. 십장생들, 지금 천억대 부자야."

"십이지⋯⋯."

"십이지신들도 곧 그렇게 될 거야. 헤드셋과 DDR은 물론이고 진호천이 보내주는 DD의 수익금이 너무 많아 돈을 주체를 할 수가 없어."

"가난한 나라에 익명으로 천억씩 기부해 버려요!"

"그러지, 뭐."

귀찮아서 한 말이었지만 천(天)이 너무 태연하게 말하자 갑자기 아깝다는 생각이 들었다.

자신의 돈이 아니라고 생각해서 신경을 쓰지 않았지만 막상 설명을 듣고 남아돈다고 하니 자신의 돈처럼 느껴진 것이다.

"하늘이 누나, 잠깐만요!"

"왜? 막 NGO 단체로 이체하려던 참이었어."

역시 천(天)은 성격이 급했다.

안도의 한숨을 내쉰 준영이 재빠르게 말했다.

"그 돈, 내가 쓸게요."

"그래? 알았어. 빨리 써야 할 거야. 다음 달에도 돈이 들어온다고."

참으로 멋진 협박이었다.

'왠지 당한 거 같은데⋯ 뭐, 상관없겠지.'

준영은 뭔가 석연치 않은 느낌을 받았지만 남보다는 내가 먼저였고, 남의 나라보다는 내 나라가 먼저라는 생각을 가지고 있었다.

게다가 돈을 맡는다고 해서 해야 할 일이 생기는 것도 아니었다.

"한데 그 돈으로 뭘 할 건데?"

"돈놀이요."

"에이이치 히데오가 한국에 가지고 있던 저축은행을 이용할 생각이구나?"

천(天)은 눈치를 채고 인상을 살짝 찌푸렸다.

"네, 서민들을 위한 대출이나 해볼까 하고요."

"결국 지(地)에게 떠넘기겠다는 소리구나?"

"직원들이 하는 거지, 대지 형이 일을 하나요? 어쨌든 몇 달은 돈 쓸 걱정이 없겠네요."

"하여간 잔머리는⋯⋯."

천(天)도 포기했는지 가타부타 더 이상 말이 없었다.

준영은 자리에 앉아 고글을 썼다.

성심미디어와 성심기계의 결재와 앞으로 나아갈 길을 짜는 것만으로도 일과 시간 대부분을 할애하고 있었다.

성심미디어는 배정철 팀장이 잘해 나가고 있어서 그리 오래 걸리지 않았다.

문제는 역시나 성심기계.

농사용 기계들의 리뉴얼 작업이 지지부진했는데, 경쟁사와 비교했을 때 성능 면에서 떨어지고 가격 경쟁력만으로 상대하다 보니 고전할 수밖에 없었다.

또한 A/S가 많이 발생하다 보니 거기에서 막대한 비용이 발생되고 있었다.

'가장 먼저 해결되어야 할 일이 여전히 지지부진하니……'

기계를 파는 회사에서 기계가 뒤처지면 어떤 꼼수를 쓰든 한계가 있는 법이었다.

준영은 천(天)을 흘깃 봤다.

맨 처음 성심기계에 오자마자 천(天)은 기계를 리뉴얼하거나 새로운 기계를 개발하겠다고 말했다.

준영으로서는 마다할 이유가 없는 말이었음에도 망설여야 했다.

개발 팀 때문이었다.

성심미디어와 달리 성심기계에 있는 개발 팀은 계륵이나 다름없었다. 로봇까지 척척 만들어내는 천(天)에 비하면 수준이 낮아도 너무 낮았다.

개발 팀의 연구원들 잘못은 아니었다.

한동테크일 때 열악한 지원 속에서 기술 개발을 하느라 새로 나온 기술에 대해 공부할 시간조차 없었던 이들이었다.

준영이 오면서 지원금을 늘이고 자기 개발 비용까지 대줬지만 기대에 부응하기엔 시간이 턱없이 부족했다.

'인정하자.'

마음속으로 인간의 우수함 역시 천(天)에 비교해 부족하지 않다는 걸 증명하고 싶었는지도 몰랐다. 하지만 이제는 출발 선상이 다르다는 걸 인정할 수밖에 없었다.

준영이 자꾸 힐끔거리자 천(天)은 꼬고 있던 다리를 풀어 쩍 벌렸다.

"만족해?"

"…그 때문에 본 거 아니거든요."

"그럼?"

"개발 팀 때문에요."

"마음이 바뀐 거야?"

"네, 내년 말쯤엔 성심기계에서 손을 떼고 싶은데 이대로라면 힘들 것 같아서요."

"이미 생산 공정까지 손볼 준비가 되어 있으니 한 달 안에 개량된 제품들이 나올 거야. 그리고 네가 무슨 생각 하는지 알아. 인간은 우수해. 날 만든 이가 인간이라는 걸 난 잊지 않았어."

한때 인공지능답지 않게 맹해 보이던 천(天)은 이젠 어디에도 없었다.

지워지지 않는 기억력, 놀라운 연산 속도, 거기에 생각하는 힘이 더해진 천(天)은 지금 이 순간에도 발전하고 있었다.

"네, 내가 어리석은 생각을 한 것 같아요. 누나의 기술을 받아들인다면 직원들도 더 발전할 수 있겠죠."

인정을 하니 마음이 편해졌다.

"그리고 나도 지금 개발 팀에게 많은 것을 배우고 있어. 그들의 상상력은 날 뛰어넘거든."

"훗! 위로 안 해줘도 돼요. 그나저나 사람의 마음까지 이해하다니 우리 누나, 많이 발전했네?"

"일신우일신이지. 너도 그럼 좀 더 노력하지?"

"네네."

어째 천(天)의 모든 이야기의 마무리는 더 노력하라는 말뿐인 건지 모르겠다.

'미안, 하늘이 누나. 난 지금으로도 충분히 만족스러워.'

준영은 현재 끓어오르는 탐욕을 참고 있었다.

그게 좋은 쪽으로든 나쁜 쪽으로든 만일 시작한다면 멈출 수 없을 것 같았다.

*　　　*　　　*

능령의 경호원을 한 방에 쓰러뜨린 다음 자신의 실력에 대해 궁금했던 준영은 스폰서를 해주고 있는 이종 격투기 도장을 찾았다.

외관에 붙어 있는 철 지난 플래카드와 포스트들만 없다면 영락없이 창고처럼 생긴 곳이었다.

차에서 내리자 방문을 한다고 해서인지 몸 좋은 사내가 기다리고 있었다.

"안녕하세요. 스피릿케이를 맡고 있는 민두성입니다."

"성심미디어의 안준영입니다. 번거롭게 해드리는 것 같아 미안합니다."

"하하하! 아닙니다. 안준영 사장님은 언제든 환영입니다."

민두성의 행동과 말엔 거짓이 없었다.

성심미디어의 스폰서로 운동에만 전념하게 된 선수가 다섯이었다.

생활비와 파이트머니를 추가로 지원했고 승리 수당도 따로 있었다. 그리고 경기가 있을 땐 비행기와 숙소에 대한 지원금까지 나왔다.

게다가 도장 운영 경비까지 지원을 받고 있어서 다른 도장들이 부러워하는 곳이 스피릿케이였다.

"들어가시죠. 선수들이 사장님이 오신다는 소리에 기다리고 있습니다."

"굳이 그럴 필요까지야… 생색내는 것 같아서 싫다고 말씀드렸는데."

"하하하! 생색 마음껏 내셔도 됩니다. 그리고 오늘은 모두 운동하는 날이라 모인 거지, 사장님 때문에 모인 건 아닙니다."

"그렇다면야……."

볼을 긁적거리던 준영은 민두성을 따라 도장 안으로 들어갔다.

선선한 봄 날씨인 데도 도장 안에는 후끈한 열기가 느껴졌다. 물론 쿰쿰한 땀 냄새가 열기보다 강렬했지만 말이다.

"모두 이쪽으로! 성심미디어의 사장님께서 오셨다!"

말리기 힘들다고 판단한 준영은 그냥 생색을 내기로 했다.

모두 열두 명의 선수가 있었고 여자들도 넷이나 됐다.

모두 같은 옷을 입고 있었는데, 스폰서들의 마크가 옷 전체에 붙어 있어 얼핏 보면 누더기처럼 보이기도 했다.

문득 네 명의 여자들 중에 제일 마지막에 선 여자는 계속 고개를 돌리고 있었는데 뒤통수가 무척이나 낯이 익었다.

하지만 민두성의 소개가 있어 고개를 돌려야 했다.

"이 친구가 조만간 UFC에 나갈 변영환입니다."

"안녕하십니까!"

"안녕하세요. 시합은 인터넷으로 봤지만 무척 즐거운 경기였습니다."

준영은 변영환과 악수를 하고 다음으로 넘어갔다.

오기 전에 대충 훑어봤기에 인사를 하는 데 문제는 없었다.

"끝으로 얼마 전에 새로 들어온 녀석인데 싹이 있는… 야! 정미나, 너 손님 앞에서 그 태도는 뭐야?"

고개를 수그린 채 앞머리로 얼굴을 가리고 있는 정미나를 보고 민두성이 으르렁거렸다.

"제 얼굴을 보기 민망해서 그런 거겠죠. 괜찮습니다."

"누가 민망하대요!"

준영의 말에 미나가 고개를 들며 버럭 소리를 질렀다.

"이 녀석이 누구 앞에서…! 한데 사장님과 아는 사이인가 봅니다?"

"예, 우리 회사 직원입니다."

"아하! 이 녀석 어디라고 물으면 대답을 안 해줘서 어디 허접한 곳에 취직했는지 알았는데 거기가 성심미디어였냐?"

"회사가 좀 허접하긴 하죠. 하하!"

"누가 허접하대요!"

다시 버럭 고함을 지르는 미나를 보며 준영은 빙긋 웃으며 말했다.

"이종 격투기 하려고 미성년자일 때부터 담배 끊었구나? 잘했어. 운동엔 담배가 나빠."

준영은 버릇없는 아이는 싫어했다.

"……!"

인상을 와락 구기는 미나. 하지만 그것도 잠시, 옆에 있는 민두성의 눈치를 봤다.

"오호! 조카님이 담배를 피웠었다고요? 이 녀석! 어쩐지 예전과 달리 헥헥거리더니 다 이유가 있었구나."

"아, 아니에요, 삼촌. 그때 아주 잠깐… 뭐라고 말 좀 해봐요!"

미나는 준영에게 구원의 눈빛을 보냈지만 뒤통수만 보일 뿐이었다.

"나쁜 자식! 어떻게 사사건건 담배 얘기냐. 응!"

미나는 순간 화가 나 반말로 소리쳤다.

면접 때 당한 일 때문에 담배도 끊었다. 그리고 내색은 안 했지만 눈앞에서 능글거리고 있는 준영에게 약간의 마음도 있었다.

한데 또다시 담배 이야기를 꺼내다니…

삼촌에게 걸렸다는 것보다 좋아하는 남자에게 매번 같은 소리를 듣는 것에 화가 난 것이다.

하지만 더 이상 준영에게 소리칠 수 없었다.

"미나야, 삼촌이랑 잠깐 면담 좀 하자. 담배는 그렇다고 쳐도 중요한 손님한테 반말까지 하다니!"

"아악! 삼촌!"

미나는 관장실로 끌려갔다.

"전 신경 쓰지 말고 다들 운동하세요. 점심 땐 제가 쏘겠습니다."

선수들은 방긋거리며 말하는 준영을 굉장히 사악한 사람이라고 느끼며 각자의 위치로 돌아갔다.

툭! 툭!

날라리 미나가 민두성에게 잡혀가며 왜 그렇게 기겁을 했는지 알 만했다.

때리는 소리가 아닌 중얼거리는 소리가 한 시간째 끊임없이 들려오는 걸 보니 말로 미나의 영혼까지 잡고 있음이 분명했다.

준영은 심심해서 샌드백을 툭툭 치며 놀고 있었다.

"그렇게 치면 손목을 크게 다칩니다. 오래 기다리게 해서 죄송합니다."

핼쑥해진 미나를 데리고 나오던 민두성이 말했다.

"괜찮습니다. 교육이 어떤 것보다 중요한 일이니까요."

"이해해 주셔서 감사합니다. 전화상으로 간단한 대련을 하고 싶다고 하셨는데 무슨 운동을 하셨는지?"

"중국 무술을 했습니다."

"중국 무술과는 많이 다를 겁니다. 최대한 조심하겠지만 다칠 수도 있고요."

은근히 꺼리는 것이 지원금에 대한 걱정 때문인 것 같았다.

"괜찮습니다. 다치는 게 무서웠다면 오지도 않았겠죠. 설령 다친다고 해도 지원금 걱정은 마시고요."

"하하하! 역시 남자시군요. 가만있자… 누가 좋으려나?"

민두성은 대련 상대로 누가 좋을지 선수들 면면을 살펴보고 있었다.

"제가 할게요!"

미나가 손을 번쩍 들었다.

"니가?"

"네, 제가 일단 해봐서 실력을 보고 하는 게 좋지 않겠어요?"

살짝 인상을 찌푸리던 민두성은 준영을 보고 물었다.

"미나가 나서도 괜찮겠습니까? 어릴 때부터 매형이 훈련시켜서 기본기는 아주 탄탄합니다."

살기를 풀풀 뿌리는 미나를 보며 준영은 피식 웃고는 답했다.

"상관없습니다. 한데 전 여자라고 봐주지 않습니다만."

"흥! 그 말은 내가 하고 싶은 말이네… 요."

"그럼 그렇게 하죠, 안 사장님. 운동복이 없으면 빌려 드리겠습니다. 이쪽으로 오시죠."

"네."

준영이 민두성을 따라가기 위해 미나를 지나치는데 그녀가 낮은 목소리로 으르렁댔다.

"아까의 원한을 갚아줄게… 요, 사장님!"

이까지 뿌득 가는 게 어지간히 분했나 보다.

헤드기어와 안전을 위해 16온스 글러브를 낀 상태로 링에 올랐다.

민두성은 보호대까지 끼고 하라고 했지만 그럼 너무 불편하다는 이유로 거절했다.

"딱 3라운드까지만 버텨주세요, 사장님."

"글쎄, 난 버틸 것 같은데 네가 버틸 수 있을지 걱정이다."

"흥! 사장님 걱정이나 하시죠."

입씨름 한판 하고 마우스피스를 낀 두 사람은 UFC 시합장처럼 팔각 링 가운데서 만났다.

민두성이 간단한 규칙에 대해 설명했고 준영은 미나와 가볍게 주먹을 마주쳤다.

'제법이네.'

화는 났지만 성급하게 들어오진 않았다.

준영은 팔패장 자세를 취하며 좌우로 빙글빙글 조금씩 움직였다.

'로우 킥!'

미나의 로우 킥은 발경을 이용한 발차기였다. 축이 되는 발이 살짝 옆으로 돌며 허리에 회전을 더했고 그 허리 힘이 다리로 전해지며 무섭게 다가왔다.

하지만 준영은 미나의 축이 되는 왼발에 힘이 들어가는 순간 준비를 하고 있었다.

오른발을 앞으로 내미는 동작으로 허리의 힘이 다리로 전달되기 전에 미나의 무릎을 밀었고 태권도의 옆차기처럼 배를 걷어찼다.

"큭!"

미나는 배를 잡고 무릎을 꿇었다.

이어진 공격은 하지 않았다. 능령의 경호원처럼 한 방에 뻗어버리면 실력 측정의 의미가 없었다.

준영은 마우스피스를 빼고 여전히 무릎을 꿇고 있는 미나에게 말했다.

"벌써 끝?"

"이익!"

도발이 통했는지 미나는 이를 악물고 일어났다.

"다시 시작하자고."

준영은 이번엔 영춘권의 자세를 취했다.

휘이익!

다시 로우 킥이 날아왔다. 똑같이 할 수 있었지만 그래서는 재미가 없었다.

살짝 피했다가 다리가 다시 돌아가는 순간 앞으로 튀어 나갔다.

미나는 침착했다. 다리를 뒤로 길게 빼며 거리를 조금 벌린 후 오른 주먹을 뻗었다.

하지만 이미 예상하고 있던 동작이었다. 왼팔을 비스듬히 들어 올려 타격을 빗나가게 만들고 미나의 얼굴에 가볍게 잽을 날렸다.

미나는 준영이 날리는 잽을 피할 수 없다고 생각하고는 무시하기로 마음을 먹었다. 16온스의 주먹은 그리 겁나지 않았고 여기서 물러나면 다시 일방적인 공격이 시작될 게 뻔했기 때문이었다.

'그라운드로……!'

잽을 무시하기로 마음을 먹은 미나의 양손이 준영의 다리를 잡아가려고 했다.

하지만 잽을 맞는 순간 자신의 판단이 잘못됐다는 걸 깨달았다.

'어디선가 맞아본 듯한……'

선수들이 날리는 스트레이트만큼의 충격이 전해졌고 더 이상 생각이 이어지지 않았다.

차가운 느낌에 눈을 뜬 미나는 몸을 벌떡 일으켰다.

"괜찮아. 시합은 끝났어."

같이 운동하는 언니의 목소리에 재수 없는 사장의 잽을 맞고 기절한 것이 꿈이 아님을 알게 되었다.

"…어떻게 된 거예요?"

현실로 돌아온 미나는 자신이 있는 곳이 선수들이 잠을 자거나 쉬는 곳임을 알게 되었다.

한데 그곳엔 혼자만 있는 게 아니었다. 세 명의 남자 선수들이 나란히 누워 있었다.

"너네 사장이……."

짧은 푸념이었지만 그것만으로도 충분히 상황이 그려졌다.

"혹시 오빠들이랑도 하고 있어요?"

"응, 연습생들이 당하자 관장님이 본때를 보여준다면서 이번엔 문성이랑 시합을 붙였어."

"안 돼요!"

미나는 비명을 지르듯 소리치며 자리에서 일어났다.

"문성이가 설마 스폰서에게 심하게 하려고."

기절한 선수들의 머리에 차가운 수건을 올려주는 여자의 말에 미나는 벌써 문을 열고 나가고 있었다.

"그 인간을 걱정하는 게 아니에요!"

휴게실에서 나온 미나의 시선이 링으로 향했다.

막 준영이 문성의 발차기를 막으며 몸통 박치기를 하는 모습이 보였다.

공격이라기보다는 그라운드 기술을 위해 잡아가는 행동으로 보이는 단순한 동작이었지만 두 사람의 몸이 부딪히는 순간 경기장 바닥이 부서지는 듯한 소리와 함께 가죽 공이 터지는 듯한 소리가 들렸다.

터어엉! 퍼엉!

동시에 문성의 몸이 그대로 날아 링에 부딪쳤고 링에 기댄 채 스르르 주저앉았다.

미나는 마치 귀신을 본 듯 놀란 얼굴로 준영을 보았다.

문성이 진 것에 놀란 것이 아니었다.

어린 시절 방금 전과 같은 장면을 여러 번 본 기억이 있어서였다.

미나는 마치 무엇에 홀린 듯 링으로 걸어갔다.

'망할! 이 정도일 줄이야.'

한편 준영은 링에 기댄 채 쓰러져 있는 문성을 보며 마음에 안 드는지 인상을 쓰고 있었다.

자신이 괴물이 된 듯한 기분에 좋기는커녕 짜증스럽기까지 했다. 능령의 경호원이 약했던 것이 아니라 자신이 너무 강했던 것이다.

이종 격투기 선수는 역시 만만하게 볼 상대가 아니었다. 가급적 힘을 쓰지 않으려 했는데 몇 대 맞아서 울컥하는 마음에 힘을 썼더니 날아가 버린 것이다.

마지막에 몸으로 밀지 않고 부딪혔다면 어떻게 됐을지 상상하기도 싫었다.

준영은 문성을 살피고 있는 민두성에게 가서 물었다.

"저… 괜찮습니까?"

"…다행히 몸엔 이상이 없어 보이는군요. 하지만 병원엔 가봐야 할 것 같습니다."

"휴우~ 다행이네요. 물론 그래야죠. 제가 병원에 연락하겠습니다."

천만다행이라고 생각하고 글러브를 벗으려고 하는데 멍한 표정의 미나가 다가왔다.

"넌 괜찮냐?"

"…빠."

"응?"

"아빠……."

준영은 어이가 없었지만 기절시킨 것이 미안해서 장난스럽게 말했다.

"…오빠는 건너뛰는 거냐? 그리고 미안하지만 넌 내 스타일이 아냐."

준영의 말에 미나는 정신을 차렸다.

그러곤 발끈해서 외쳤다.

"너도 내 스타일 아니거든!"

"휴~ 다행이네. 고맙다. 한데 왜 아빠라고 부른 건데?"

"이……!"

손을 올렸던 미나가 꾹 참으면서 말을 이었다.

"좀 전에 네 모습이 아빠랑 너무 닮았거든."

"…아버지가 누구신데?"

"있어. 산속에서 무술만 연구하던 바보 같은 사람… 이젠 그 좋아하는 것도 못 할 곳으로 갔지만."

준영은 미나가 말하는 사람이 누구인지 알 것 같았다.

천(天)이 말해줬었던, 자신이 매일 밤 하고 있는 기마 자세와 호흡법을 남긴 무술가가 미나의 아버지였던 모양이었다.

10장

결단을 내리다

민두성이 UFC를 제패하자며 이틀에 한 번씩 전화를 하는 걸 제외한다면 스피릿케이에 다녀와서도 별다른 일은 없었다.

준영은 무술에 대해 신경을 끊었다.

경호 로봇이 있는데 무술이 무슨 소용이란 말인가?

현대는 무술이 아닌 돈이 지배하는 세상이었고 굳이 무술을 이용해 돈을 벌 이유도 없었다.

그리고 예상대로 자신이 배우고 있는 기마 자세와 호흡법은 미나 아버지의 유산이었다.

그래서 기마 자세와 호흡법을 미나에게 알려주었다.

혹시나 위험한 무기를 쥐여 주는 것이 아닐까 고민을 했지만 기마 자세를 열두 시간 연속할 정도는 되어야 어느 정도 힘을 발휘한다는 천(天)의 얘기에 주저 없이 알려주었다.

준영이 지금 가능한 것도 그건 순전히 슈트의 도움 때문이었다.

일반인이라면 보통 10분 안에 다리가 알아서 풀려 주저앉게 되는데, 한 시간도 넘사벽이었다.

준영은 그 정도 고통을 이기고 강해지는 사람이라면 힘을 가질 자격이 충분하다고 생각했다.

"아우~ 머리야."

준영은 깨질 것같이 아파오는 머리를 움켜잡고 같은 말을 몇 번이고 반복했다.

"작작 좀 마시지 그랬어?"

"아예 죽이려고 작정을 했는지 번갈아가며 권하니 버틸 재간이 있어요?"

어제 생일 파티를 했다.

처음엔 하트홀릭와 학교 동기 몇 명만 불러 조촐하게 할 생각이었는데 하트홀릭이 LoG를 부르면서 일이 커졌다.

LoG가 오면서 MoB도 왔고 KYT의 연습생들까지 합세를 했다. 게다가 현수가 자랑을 한다고 학교 선배들과 후배들에게 화상 전화를 하면서 일은 더욱 커졌다.

아예 음식점 전체를 빌려 술을 마시기 시작했는데 술을 얼마나 마셨는지 기억도 나지 않았다.

"별일 없었죠?"

"응, 너 쓰러지고 한 시간 뒤에 모두 끝났어."

"다행이네요."

처음 있는 일이다 보니 무슨 실수를 하지 않았나 걱정이었는데 바로 잠이 든 모양이었다.

"저 잠깐 쉴게요."

"빌려줄게."

천(天)이 허벅지를 툭툭 치며 말했다.

"…됐거든요."

술 깨는 약을 먹고 의자를 젖히고 한참 누워 있자 서서히 머리의 두통이 사라져 갔다.

그때 전화가 왔다.

중국 명천소프트에서 걸려온 전화였다.

자세를 바로 하며 통화 버튼을 눌렀다.

―명천소프트의 기술지원부 팀장 언철령입니다. 성심테크의 안준영 사장님이십니까?

"네, 맞습니다. 무슨 일이신지?"

―귀사의 어댑터에 대해 말씀드릴 것이 있어 전화드렸습니다.

준영은 올 것이 왔음을 알았다.

"…말씀하시죠."

―어댑터에 대한 계약을 5월 말일부로 끝냈으면 합니다. 물론 본사에서 진행하고 있는 어댑터 계약 대행 건도 마찬가지고요.

"그러시죠. 5월 말일까지의 수수료나 잘 챙겨서 보내주십시오."

—…아, 알겠습니다.

준영이 너무 순순하게 답하자 당황한 건 오히려 언철령이었다.

이유를 물을 것이라 생각했겠지만 준영은 매달릴 생각이 없었다.

"그동안 좋은 거래였습니다."

준영은 대답을 기다리지 않고 전화를 끊었다.

하지만 시원하게 대답한 사람치고 준영의 인상은 좋지 않았다.

중국이 어댑터의 기술을 당연히 베낄 것이라 생각하고 있었다. 한데 명천소프트가 그럴 줄은 몰랐다.

특허료의 40퍼센트는 명천소프트의 몫이었는데 굳이 그럴 필요가 있나 싶었다.

막말로 준영이 어댑터에 대한 특허료를 5퍼센트에서 1퍼센트로 줄인다면 어댑터를 베껴 판다고 해도 이익은 오히려 줄어들기 때문이었다.

"소송을 할 거야?"

"명천그룹을 상대로요?"

준영의 재산은 대한민국 0.1퍼센트에 들어갈 만큼 많았다. 그리고 성심미디어의 수익률은 엄청났다.

하지만 회사에 힘이 없었다.

회사의 힘은 회사가 1년간 사용할 수 있는 금액이었다.

10조 원의 매출을 올려 1,000억을 버는 회사와 2,000억의 매출을 올려 1,000억을 버는 회사 중 거의 대부분의 면에서 후자가 우수하다고 말할 것이다.

하지만 회사의 힘은 전자가 월등하게 강했다.

10조와 2,000억의 차이였다.

가령 광고비로 두 회사가 10퍼센트를 쓴다면 1조 원과 200억, 방송국은 당연 전자와 손을 잡을 것이 뻔했다.

"그럼 가격을 낮출 거야? 그것도 아님 숨겨둔 코드를 이용할 거야?"

어댑터엔 숨겨진 코드가 있었다.

베낄 때를 대비해 넣어둔 것으로 조작을 엉망으로 만들 수 있었다.

하지만 준영은 고개를 저었다.

"아뇨, 세계를 상대로 가격 경쟁만 할 생각이에요."

"피하겠다?"

"네, 어차피 누나가 사용할 수 있는 돈은 충분하잖아요. 굳이 골치 아프게 싸울 이유가 없죠. 차라리 그 시간에 다른 기술로 돈을 버는 게 낫죠."

"훗! 성인군자가 됐군."

"듣기 좋군요."

천(天)의 비꼬는 말에도 준영은 담담하게 말하고 넘어가려 했다.

"누가 명천소프트를 움직였는지 궁금하지 않아?"

준영의 눈썹이 꿈틀댔다.

천(天)의 말에서 명천소프트가 이익 때문에 성심테크를 배반한 것이 아니라 뒤에 누군가가 있음을 알았기 때문이었다.

하지만 곧 원래의 표정으로 돌아왔다.

이미 얌전히 있기로 한 일에 뒤에 누가 있다고 해서 바꿀 생각은 없었다.

"됐어요."

"쩝! 어쩔 수 없지."

천(天)도 포기했는지 어깨를 으쓱거리더니 입을 다물었다. 그러나 잠시 후 다시 입을 열었다.

명천소프트에 관한 얘기가 아니었다.

"캐시저축은행에 국세청이 들이닥쳤다."

준영은 단번에 그들이 왜 왔는지 알 수 있었다.

"니미⋯⋯!"

술로 인한 두통은 사라졌는데 계속해서 일어나는 일에 짜증이 솟구쳤다.

그래서일까. 그의 입에선 욕설이 튀어나왔다.

캐시저축은행은 등급에 따라 최근 10퍼센트 전후의 이율로 돈을 빌려주고 있었다.

일반 대기업 카드론과 은행 카드론도 20퍼센트가 넘는 이율을 받고 있는 이때 12등급—1등급부터 12등급까지 있다—인 사람들에게까지 10퍼센트로 빌려주자 사람들이 캐시저축은행에서 돈을 빌려 다른 업체의 돈을 갚기 시작했다.

당연히 다른 업체로서는 눈엣가시처럼 느껴졌을 것이다.

"내 돈 내가 싸게 빌려주겠다는데 왜 지들이 지랄인 건데! 금리를 낮추든가, 그것도 아님 돈 장사를 그만두면 되잖아! 거지 똥구멍에 콩나물까지 빼먹을 놈들!"

버럭 소리를 질러보지만 들을 사람은 천(天)밖에 없었다. 하지만 준영은 멈추지 않았다.

"대학교 등록금도 대출, 월세도 대출, 집을 살 때도 대출, 니미… 일을 하기도 전부터 빚쟁이로 만들어놓고… 그래 놓고 결혼해서 애 낳으라고 하면 누가 낳아! 그렇다고 취업이라도 제대로 돼? 인턴 제도 만들어서 공짜로 부려 처먹다가 잘라 버리는 법까지 만들어놓고. 개고생해서 돈 좀 벌 만하면 임금 피크제다 정리 해고다 해서 비용이 과다하다는 개소리만 하는 것들이 고작 금리 좀 낮췄더니 개지랄들이야!"

과거부터 대한민국은 기업을 위한 나라였다.

돈 없다고 징징대는 놈들이 한 해 수천억, 수조 원씩 이익을 남겼다.

그래 놓고 그 돈으로 회사 발전에 투자는 하지 않고 부동산을 샀다. 그리고 하는 말이 임금이 높아서 신입 사원을 못 뽑는다고 지랄들을 했다.

한데 생각을 해보면 결국 모두 미래의 소비자임을 그들은 망각하고 있는 것이다.

인턴으로 고생하다 잘린 사원이 과연 그 회사 제품을 살까? 엄청난 안티 소비자를 한 명 만드는 것이다.

한 명으로 끝날 수 있지만 미래의 갑이 되어 나타날 수 있을지도 모른다.

"휴우~ 속이 다 시원하네."

한참을 미친놈처럼 소리치던 준영은 개운한 표정으로 다시 자리에 앉았다.

"어떻게 해?"

천(天)이 캐시저축은행 문제를 어떻게 할지 물었다.

"적당히 타협해야죠."

"타협? 조금 전에 그렇게 미친 듯이 외친 건 뭔데?"

기가 찬 표정으로 천(天)이 물었다.

"스트레스 해소죠. 힘없는 놈이 날뛰어 봤자 뭐하겠어요. 아주 아작아작 씹혀서 걸레가 될걸요."

"……."

"그쪽에서 타협이 들어올 거예요. 그럼 못 이기는 척 2퍼센트만이라도 낮추는 선에서 승부를 봐야죠. 아니면 어쩔 수 없이 원상태로 바꿔야 하고요."

"후우~ 네 말대로 하자."

"…실망했나요?"

"아니, 네 선택을 존중해."

준영은 담담하게 말하는 천(天)을 쳐다보았다.

항상 자신을 향하고 있던 천(天)의 눈이 처음으로 아래로 향하고 있었다.

준영은 왠지 답답했다.

책상 서랍 속에 넣어뒀던 시가를 꺼내 옥상으로 향했다.

여러 명의 직원들이 커피를 마시며 얘기를 하고 있었지만 준영을 보더니 인사만 꾸벅하고 다들 슬금슬금 사라져 버렸다.

"쯧! 금연 장소인데 웬 담배 꽁초가 이렇게 많은지."

겨 묻은 개를 욕한 똥 묻은 개, 준영은 시가의 앞을 자르고 불을 붙였다.

준영은 현재 심한 내적 갈등에 시달리고 있었다.

능령과 술집에서 만난 다음부터 강렬한 소유욕과 함께 생긴 것이었다.

머물 것인가, 아님 나아갈 것인가.

아직 확신은 없었다.

다만 마음은 자꾸 나아갈 것을 요구하고 있었다. 하지만 정말 뭐 빠지게 열심히 해야 하는데 자신이 없었다.

머문다면 천(天)을 볼 낯이 없었다.

지(地)야 평범하게 살라고 해도 충분이 그럴 수 있을 것 같은데 천(天)은 전혀 그럴 생각이 없어 보였다.

결과론적으로 말하자면 박교우 박사 때문에 자신이란 존재가 있는 것이었지만 또한 인공지능 컴퓨터인 천(天)에게 헛소리를 하고 간 박교우 박사가 미웠다.

나아간다면…

이미 준영은 많은 시뮬레이션을 해봤다.

치트키인 천(天)을 이용한다고 해도 최소 10년, 최대 죽을 때까지.

"후우~ 끔찍하군."

상상하는 것만으로도 몇 년씩 늙는 기분이 들었다.

10년 만에 끝난다는 확신만 있다면 해볼 만했다. 하지만 수많은 시뮬레이션 중에 딱 한 번 10년이 나왔을 뿐이었다.

그것도 나쁜 짓을 왕창 해야만 이룰 수 있는.

시가는 줄어들었지만 결론은 여전히 나지 않았다.

"저… 불 좀 빌릴 수 있을까요?"

"아, 예."

준영은 성심기계의 모든 직원들을 기억하고 있었다. 눈앞의 사내는 올해 들어온 인턴으로 준영이 회사의 오너가 되면서 정직원이 된 신입 사원이었다.

"감사합니다. 전 영업 2부 1팀의 황인철입니다."

"반갑습니다."

"젊어 보이시는데 신입… 사원이시죠?"

"네, 신입이긴 하죠."

"하하하! 다행이네요. 혹시나 선배님이면 어쩌나 했습니다. 제가 영업소에 있다가 어제야 올라왔거든요."

황인철은 준영이 이름을 얘기하지 않은 건 신경도 쓰지 않고 반가워했다.

준영은 표정이 밝은 황인철에게 물었다.

"회사 생활은 재미있어요?"

"하하! 재미로 일하나요. 그래도 지금은 나름 재미있어요. 인턴일 땐… 어휴! 일을 하면서도 하루하루가 불안했거든요.

…님도 그랬었죠?"

황인철은 준영의 이름을 모른다는 사실을 상기해 내곤 사원증을 보려 했지만 준영의 목에는 사원증이 없었다. 그래서 '님'이라고 표현을 했다.

"그렇죠. 한데 다른 곳에 비하면 월급이 적잖아요?"

"둘이 살기에도 빠듯하죠. 하지만 아껴 쓰면 충분히 가능해요."

"딱 먹고살 정도죠."

준영의 말에 황인철은 살짝 인상을 쓰면서 물었다.

"음, 올해 나이가?"

"스물다섯이요."

"난 스물아홉. 말 편하게 해도 되지? 둘이 있을 땐 형이라 불러도 돼."

"…네."

"너무 부정적으로 살지 마. 나 같은 경우는 지금까지 와이프가 일을 했어. 지금 내가 받는 연봉보다 적은 돈으로 생활을 했지. 근데 임신을 해버린 거야. 막막했어. 곧 애가 나오면 와이프는 회사를 쉬어야 하는데 난 인턴이었지. 그런데 갑자기 정사원이 된 거야. 적지만 세 사람이 먹고살아야 할 돈을 벌 수 있게 된 거야."

"……."

"너무 위만 보지 마. 때론 아래를 볼 줄 알아야 돼. 예전엔 어땠는지 모르지만 선배들이 이 회사 비전이 이젠 보인대. 줄을 탈 필요 없이 열심히만 일하면 높은 자리까지 올라갈 희망이 보인다고 좋아하더라."

희망이 보인다라…

그저 보이기만 해도 괜찮은 건가?

준영은 이번엔 스스로에게 질문을 던졌다.

"야! 황인철! 짜식이 빠져 가지고 선배에게 말도 없이 담배를 피우러 나온 거냐!"

"헤헤! 이 대리님이 자리에 안 계셔서 먼저 왔습니다."

"그럼 찾아야지. 의리 없는……!"

황인철과 농을 주고받으며 다가오던 이 대리는 담뱃불을 붙이다 준영을 보고 뜨악한 표정을 지었다.

"사, 사장님! 아, 안녕하세요."

"네, 이 대리도 담배 피우러 왔나보군요. 그럼 전 이만 가볼게요. 황인철 씨, 좋은 말 고마워요. 다음에 술이나 한잔해요. 사적인 자리에선 형이라고 부를게요."

"…네? 네네!"

당황한 표정의 황인철과 이 대리에게 인사를 한 준영은 자신의 사무실로 향했다.

*　　　　*　　　　*

황인철과 대화 이후 약간 긍정적으로 변하긴 했지만 생각이 확 바뀌지는 않았다.

다만 천(天)에게 고민하는 바에 대해 말했다.

"성심테크 본사로 가자."

천(天)은 말을 듣자마자 다짜고짜 준영의 손을 잡고 성심테크 본사로 데리고 갔다.

안 본 사이에 본사엔 여러 개의 건물들이 생겨 있었다. 얼마 지나지 않아 공사가 끝날 것 같아 보였다.

"여기도 많이 바뀌었네요?"

"돈의 위력이지. 아마 내년 초쯤이면 대부분 완공될 거야."

"빠르네요. 몇 년은 더 걸릴 줄 알았는데. 한데 여긴 왜 오자고 한 거예요?"

"직접 확인해 봐."

천(天)을 따라 최초로 지은 건물로 들어갔다. 그리고 엘리베이터를 타자 지상이 아닌 지하로 내려갔다.

"지하에 뭐가 있어요?"

지상보다 지하로 더 깊이 공사를 했고 그 때문에 20층 건물에 1,000억 정도의 건설비가 들어갔었다.

하지만 성심테크에 대해선 예나 지금이나 딱히 관심을 두고 있지 않았기에 지하에 뭐가 있는지 전혀 몰랐다.

"내가 머무는 곳."

"슈퍼컴퓨터?"

"응, 얼마 전에야 완성을 했어. 그래서 서서히 이곳으로 자료들을 옮기고 있는 중이야. 여기서부터는 걸어가야 해."

엘리베이터에서 내리자 복도가 나왔다.

"오싹한데요?"

평범한 복도였지만 왠지 평범하지 않을 것 같은 복도.

"방어 체계가 완벽하다고 할 수는 없지만 웬만한 침입을 막을 정도는 되어 있어."

천(天)이 말하는 웬만한 침입이 어느 정도를 말하는지 묻고 싶었지만 복도를 지나가다가 투명한 벽에 박혀 있는 이상한 로봇들을 보고는 입을 다물었다.

한 대당 족히 집 한 채는 할 것 같은 로봇들이 구불구불한 복도를 지나갈 때마다 보였다.

"난공불락이겠군요."

"그렇지도 않아. 시뮬레이션을 해보며 약점을 보완하고 있지만 여전히 뚫려."

아마 군대라도 쳐들어올 것을 상정하고 만든 모양이었다.

준영은 기가 질려 그냥 입을 닫았다.

집에 가는 길치고는 멀고도 험했다. 복도를 지나고 몇 번 계단을 내려가서야 겨우 도착할 수 있었다.

"…여기야?"

거대한 컴퓨터라도 보일 줄 알았더니 그냥 서늘한 느낌의 열 평 남짓의 방이었다.

물론 텅 비어 있지는 않았다. 방 가운데엔 불편해 보이는 의자 하나가 놓여 있었다.

"실망했나 보네?"

"뭐, 약간요. 이 아래에 있는 건가요?"

준영은 발로 바닥을 두들겼다.

"아니, 의자에 앉아봐."

"불안한데……."

왠지 슈트를 연상시키는 의자였다.

잠시 망설이다 앉았다. 그러자 의자가 몸의 굴곡에 맞게 편하게 바뀌며 거의 눕는 자세처럼 등받이가 넘어갔다.

그리고 벽의 색깔이 서서히 투명하게 변했다.

"와우!"

벽과 천장을 보던 준영은 감탄사를 터뜨렸다.

보이는 건 온통 기계장치들뿐이었다. 하지만 그 모습이 장관이었다.

마치 슈퍼컴퓨터의 몸속에 들어와 있는 기분이었다.

"네가 누운 의자가 슈퍼컴퓨터의 중심이야. 인체에 비유하자면 자궁과 같은 곳이지."

"굳이 그런 비유는… 그런데 멋있긴 하지만 굳이 이렇게 만들 필요가 있어요?"

딱히 실용성을 따지는 편은 아니었지만 왠지 쓸데없는 짓 같아 보였다.

"오마주야. 어쨌든 안으로 들어가 보자."

"오마주?"

무엇에 대한 오마주인지 물어보려고 했지만 의자에서 나온 둥근 헬멧이 머리에 씌어졌고 환한 빛과 함께 곧 시력을 잃었다.

시력이 돌아왔을 때 하얀 방을 생각했는데, 우주 공간이었다.

익숙한 일이라 준영은 놀라지 않고 옆에 나타난 천(天)에게 물었다.

"우주 유영이나 즐기자는 거예요?"

준영은 수영하는 흉내를 냈다.

"정말이지 네 유머 감각은 발전이 없구나?"

"…미안하군요. 그럼 우주는 왜 왔어요?"

"가상현실 게임이 어떻게 만들어지는지 보여주기 위해 왔어."

"가상현실 게임을 만들려고요?"

"네가 결정하는 데 도움을 주려고."

새로운 가상현실 게임을 만든다?

서비스를 시작하면 제2의 퓨텍이 되는 건 시간문제였다.

퓨텍은 미국의 압력에 많은 것을 포기했음에도 세계 1위의 회사가 되었는데, 그 자리를 넘볼 수도 있었다.

하지만 아무런 준비 없이 가상현실 게임을 만들게 되면 퓨텍의 전철을 밟을 수밖에 없었다. 이놈에게 뜯기고 저놈에게 뜯겨 퓨텍처럼 대주주 지분이 10퍼센트도 남지 않을 게 뻔했다. 그나마 퓨텍의 입장에서 다행인 점은 박교우 재단에 퓨텍의 주식 30퍼센트가 있어 그나마 경영권을 뺏길 염려는 없다는 것이었다.

하지만 성심테크가 만든다면?

너무 빨랐다. 권력과도 친해져야 하고, 성심테크의 외양도 키워야 하고, 같이 보조를 맞춰야 할 협력 업체들도 구해야 했다.

준영이 생각에 빠져 있는 사이 천(天)은 손을 머리 위로 올렸다. 그리고 그녀의 손 위로 새하얗게 빛나는 하나의 구가 생기기 시작했다.

"씨앗……."

준영은 새하얀 구가 씨앗임을 알 수 있었다.

"맞아. 내 생각을 담은 하나의 씨앗이야."

천(天)은 말을 하며 양손을 앞으로 뻗었다.

새하얀 구는 우주의 한 공간으로 날아가더니 눈부신 빛과 함께 스스로 폭발했다.

그리고 그 빛이 사라지자 사람 모양의 하얀 빛 덩이가 보였다.

"신인가요?"

"자신을 신이라 착각하는 존재지. 이름이야 어떻게 됐든 내가 저 신에게 준 명령은 아주 간단해. 항성계를 만들고 열두 명의 자식을 낳은 후 소멸하라는 거지."

"에? 소멸하면 어떻게 해요?"

"열두 명의 새로운 신을 만들고 그들에게 능력을 주고 소멸하는 거야. 신은 내가 준 큰 의미의 열네 가지의 능력을 가지고 있어."

"열두 명인데 왜 열네 가지 능력이에요?"

"항성계 창조 능력은 다른 신이 가지게 되면 안 되고, 나머지 한 가지 능력은 여러 조각으로 나뉘어져 메인 스토리의 큰 흐름이 되는 거지. 물론 발견할 가능성은 한없이 작지만 그래도 게임을 하다 보면 누군가가 찾을 수 있지 않겠어?'

준영은 천(天)의 말을 이해했다.

하나의 줄기에서 여러 가지가 나누어져 결국에 나무를 이루듯이 세상을 창조하는 것이었다.

자신을 신이라고 생각하는 존재가 손을 움직이자 우주가 소용돌이치며 항성계가 서서히 만들어지기 시작했다.

태양이 생기고 작은 먼지들이 뭉쳐 커다란 돌덩이가 되고 그 돌덩이들이 부딪히며 서서히 행성이 되기 시작했다.

"저런, 저래서는 달이 두 개가 되겠군요. 저것도 명령의 일종인가요?"

"아니, 우연의 산물이야."

준영은 마치 거대한 우주 생성 다큐멘터리를 보는 것 같았다.

30분도 안 돼서 항성계가 만들어졌다. 그리고 잠시 후 신은 자신의 할 일을 모두 했다는 듯이 열네 조각으로 나뉘어져 그중 열세 개는 게임의 배경이 될 행성이 되었고, 하나는 소멸했다.

천(天)이 손을 가볍게 당기는 시늉을 하자 화면이 쭈욱 당겨지는 느낌으로 열두 명의 신이 있는 행성으로 다가갔다.

열두 명의 신의 역할 역시 창조였다. 어느 신은 마계를, 어느 신은 천계를, 어느 신은 정령계를 만들었고, 몇 개의 생명체를 만들고 최초의 신처럼 소멸했다.

"왠지 이번엔 시간이 더디게 가는 것 같네요?"

"최초의 신은 1분에 대략 1억년으로 맞춰뒀어. 저들은 1분에 만 년 정도지."

"아직까지는 신화의 시대 이전이군요?"

열두 명의 신이 각자의 세계를 창조하고 나자 각 세계에서 생겨난 존재들이 신들과 비슷한 일을 하기 시작했다.

생겨난 존재들이 소멸하고 새로운 존재들이 생성되기를 반복하면서 열두 개의 세계는 전혀 다른 모습으로 발전하기 시작했다.

그리고 전쟁.

소멸하는 세계도 있었고 점점 커져 가는 세계도 있었다.

딱히 재미는 없었다. 준영의 눈엔 빠른 화면으로 돌아가는 시뮬레이션 게임을 보는 것 같았다.

"쯧! 한 세력이 너무 커졌어. 이러다간 하나의 세계밖에 클 수 없겠어."

천(天)이 인상을 쓰며 말했다.

"백섭─서버의 시간을 과거로 되돌리는 것─인가요?"

"응, 벌써 이러면 곤란하거든. 소멸한 세계에 능력을 좀 더 부여해야 해."

천(天)의 말에 세상은 과거로 되돌아갔다.

이곳에서 진정한 신은 천(天)이었다.

"근데 저들은 생각을 가진 존재예요?"

생성과 소멸을 반복하는 이들을 보며 준영이 물었다.

"일단은."

"좀 더 자세히 설명해 봐요. 상상이 안 돼요."

"생각은 시간이 있어야 가능해. 지식을 전해줬다고 하지만 짧은 시간동안 무슨 생각을 하겠어? 그저 싸운 자들에 대한 적의나 단편적인 생각밖에 하지 못해. 하지만 중요한 건 그 적의 단편적인 생각은 다음 개체에 전해지게 돼. 마치 인간의 DNA처럼 말이야."

"그저 '과거엔 이런 일들이 있었다' 는 정도의 기록만 남겠군요?"

"응, 중요한 시대가 아니니까. 갈수록 시간이 늘어나는 건 그 때문이야. 게임이 완성되기 직전엔 1분이 하루 정도의 시간이 될 거야. 그리고 유저들이 들어오게 되면 1 : 3이나 1 : 5 비율로 시간이 맞춰지는 거지."

"이해했어요."

이해하는 정도면 충분했다. 준영은 말이 길어질 것 같아서 이해했다는 말로 천(天)의 말을 끊었다.

시간이 더욱 흐르자 준영은 슬슬 지루해지기 시작했다.

"지루하네요."

"그럼 이 작업을 대충 현실 시간으로 1년에서 2년 정도로 해야 해. 그럼 하나의 세계가 만들어지지."

"시간을 빨리 돌리면 되지 않아요?"

"안 돼. 너무 빨리 돌리면 캐릭터 하나하나가 살아 있는 것처럼 움직이지 않아. 기억을 가지려면 최소한의 시간이 필요해."

"게임이 아니라 하나의 세계군요. 퓨텍의 가상현실도 이 정도는 아니었어요."

"퓨텍의 기술과는 완전히 다르니까. 지(地)가 널 위해 만들었던 세계가 이런 식으로 이루어진 거야. 물론 도시 수준에 불과했지만."

"썩 듣고 싶은 얘기는 아니네요."

이젠 덤덤해지긴 했지만 그렇다고 상기하고 싶은 기억은 아니었다.

"이제 나가요."

"그래."

가상현실에서 나와 지상으로 올라오자 세상은 어느새 어두워져 있었고, 방금 전 가상현실에서 봤던 우주가 밤하늘에 펼쳐져 있었다.

멍하니 하늘을 바라보고 있자 천(天)이 물었다.

"고민에 도움은 됐어?"

"글쎄요, 다른 건 몰라도 시간은 많이 단축할 수 있을 것 같기는 해요."

"그럼 도전해 봐."

천(天)은 도전이라고 말했지만 현실은 백섭을 할 수 있는 가상현실과 달랐다.

"겁나요."

"뭐가?"

"시작하면 제가 어떻게 변할지……."

천(天)이 보여준 가상현실 게임을 보고 새롭게 그의 머리는 시뮬레이션을 하고 있었다.

시간은 엄청나게 줄어 있었다. 최대 20년, 최소 5년이면 대한민국을 바꿀 수 있을 것 같았다.

머리 한쪽에선 하라고 말하고 있었지만 심장 한구석에선 경고를 발하고 있었다.

"변해도 그게 너야. 그리고 넌 결코 나쁜 인간은 되지 않을 거야."

"누나가 어떻게 알아요?"

"알아. 그냥 알아."

논리적인 말로 얘기할 줄 알았는데 그저 안다고만 말하는 천(天)을 보니 웃음이 나왔다.

하지만 그 말이 어떤 논리적인 말보다 더 기분 좋게 만들었다.

"훗! 고마워요. 저한테 이 주일만 시간을 줘요. 그때는 정말 확답을 드릴게요."

"더 천천히 생각해도 돼."

"아뇨, 이 주일이면 충분해요. 그때 어떤 결정을 내리든 절대 마음을 바꾸는 일은 없을 거예요."

"칫! 이별이라도 하겠다는 소리로 들린다?"

"그럴 리가요. 주체적으로 움직이느냐, 지금처럼 한발 물러나서 움직이느냐의 차이겠죠."

천(天)과 지(地)와의 인연을 끊을 자신은 없었다.

준영에게 이미 둘은 가족이었다.

*   *   *

이 주일간의 말미를 얻은 건 직접 눈으로 확인을 하기 위해서였다.

매체를 통해 얻은 간접경험과 편협했던 시선 속에서 얻은 경험이 있긴 했지만 부족했다.

물론 이 주일 동안 얼마나 알 수 있을까 싶기도 했다. 하지만 한 번쯤은 객관적인 관점에서 자신의 결정에 의해 영향을 받을 수 있는 사람들의 모습을 직접 보고 싶었다.

돈이 없었던 적은 현실로 와서 고작 1년 정도였다. 게다가 부자들에게 너무나 살기 좋은 환경이라 처음엔 좋아하기까지 했었다.

그런데 지금은 그런 생각을 했었다는 것조차도 마음에 들지 않았다.

"…그래서 어프로치 했는데 결국 해저드였어."

"하하하! 보기 좋게 보기였군."

"허허허! 다음부터는 고구마로 도전해 봐."

준영은 와인을 마시며 얘기를 나누는 네 명을 바라보며 어느 시점에 웃어야 할지 고민을 하다가 결국 인상을 살짝 구기고 돌아섰다.

어린 학생들만 또래 언어가 있는 건 아니었다.

나이 든 어른들도 모인 사람들에 직업에 따라, 그들의 취미에 따라 쓰는 언어가 달랐다.

물론 자신들만의 공통점을 가지고 대화를 나누는 건 좋았다. 동료끼리 동질감을 느끼고 남들과 다르다는 우월감을 느끼는 걸 탓하는 건 아니었다.

하지만 분명 준영이 자신을 소개하며 다가갔는 데도 자신들만의 언어로 얘기하는 것은 이해가 되지 않았다.

좋게 얘기하자면 예의가 없는 것이었고, 나쁘게 말하자면 허세에 찌든 놈들이 지랄을 하는 것이었다.

간단한 설명을 덧붙여 줬다면 기분이 이렇게까지 나빠지는 않았을 것이다.

물론 골프 용어로 얘기를 했다고 해서 못 알아듣는 건 아니었다.

여자에게 접근했는데 실패했다는 뜻이었고, 보기(bogey: 골프에서 기준 타수(par)보다 1타수 많은 점수를 일컫는 말)로 언어유희를 한 것이었다.

고구마는 골프채 중에 우드와 아이언의 장점을 섞어놓은 유틸리티라는 채를 일컫는 말로 종종 그렇게 부르는 사람들이 있었다.

허세도 지나치면 눈살을 찌푸리게 되는 법.

준영은 이번엔 약간 젊어 보이는 이들에게 다가갔다.

"즐거운 밤입니다. 작은 사업체 몇 개를 운영하고 있는 안준영입니다."

"반갑습니다. 병원을 운영하고 있는 이민종입니다."

"반갑습니다. 저는……."

이야기를 하던 다섯 사람과 간단한 소개를 하고 대화에 끼어들었다.

"이번 블랑팡에서 나온 시계 봤어요? 난 완전 디자인에 반해 버렸다니까."

"또 시계예요? 지금 차고 있는 것도 제니스잖아요."

"전 파텍필립에서 나온 게 마음에 들던데… 준영 씨 시계는 뭐예요?"

"에게인가? 롤렉스?"

"내가 보기엔 피아제 2030식 같은데?"

사람들의 시선이 일제히 준영의 손목을 향했고 어서 말하라는 듯한 재촉의 눈빛을 받아야 했다.

"그냥 디자인만 보고 산 시계입니다. 중국제 같군요."

준영이 처음 현실로 왔을 때 자신을 꾸미기 위해 산 시계였다.

몸에 닿는 셔츠와 양복과 달리 시계는 지금까지 바꿔본 적이 없었다.

"커험! 그렇군요."

"중국제라니……."

사람들의 시선이 달라졌다. 마치 상종해선 안 될 사람을 보듯이 경멸이 담겨 있었다.

'쯧! 정말 짜증나는 곳이군.'

부유층이라 불리는 이들이 오는 파티 장소가 아니었다. 그저 돈 좀 있다는 사람들이라면 올 수 있는 곳으로 혹시나 해서 왔더니 역시나였다.

장소를 잘못 선택했다.

막 걸음을 옮기려는데 한 사람이 자기 딴에는 관대한 표정을 지으며 말했다.

"내가 충고 한마디 해도 될까요?"

"…하세요."

"안준영 씨, 거지예요? 이런 곳에 오려면 최소한 기본은 하고 오세요. 격이 떨어지잖아요. 능력이 되지 않으면 아예 오지를 말든가 해요."

준영은 어이가 없었다.

성질 같아선 말한 놈의 주둥아리를 날려 버리고 싶었지만 몸이 이상해진 이후로 주먹은 아예 쓸 생각을 하지 못하고 있었다.

그렇다고 입까지 가만히 있을 순 없었다.

"거지? 시계도 가짜고, 입은 옷도 가짜인 주제에 나한테 거지라고요?"

"가, 가짜라니 무슨 말도 안 되는……."

"저랑 매장에 가서 확인해 볼까요? 이 사람 것도 가짜, 이 사람 것도 가짜. 온통 가짜 천국이네. 그나마 이 사람 것은 진짜네."

준영은 일일이 가짜를 지적했다.

지(地)가 만든 세계에서 명품이란 명품은 거의 다 가지고 있어서 그런지 가짜들이 한눈에 보였다.

준영의 말은 멈추지 않았다.

"지금 몸에 걸친 것들 다 해도 내가 입은 와이셔츠 한 장 값도 안 되는 인간이 나한테 거지라고? 그럼 당신은 뭔데? 내가

264 개척자

입은 이 양복이 어떤 양복인 줄이나 알아?'

자신이 생각해도 유치하기 그지없는 말이었다.

살면서 이토록 낯 뜨거운 적은 없었던 것 같았다.

더 얘기해 봐야 자신만 더러워질 것 같아서 준영은 천천히 돌아서 파티 장소를 벗어났다.

뒤에서 수군거리는 소리가 들렸지만 무시했다.

자신이 장소를 잘못 선택한 탓을 다른 사람들에게 돌릴 순 없었다.

화를 삭인 준영은 좀 더 부유층이 모이는 곳을 소개시켜 줄 사람을 생각하다 전화를 걸었다.

—yo! 준영이 형, 웬일이세요?

언제나 그렇듯 민혁은 밝은 목소리로 준영을 반겼다. 간단히 안부를 물은 뒤 본론을 꺼냈다.

"너, 혹시 상류 사회 모임 나가는 곳 있냐?"

—모임이라면 엄마 때문에 몇 곳 다니고 있어요. 형도 나가시려고요?

"그냥 어떤 곳인지 한 번쯤 볼까 하고. 이왕이면 가장 하이 클래스들 모이는 곳으로."

—형, 그곳은 절대 갈 곳이 못 돼요. 드라마에서 나오는 그리 우아하고 멋진 곳이 아니에요.

"상관없어. 그냥 그들이 어떤 생각을 하고 있는지만 보면 돼."

—…후회하실 텐데요. 아니다, 형이라면 상관없겠네요. 어차피 연관이 있는 것도 아니고…….

민혁의 목소리엔 싫은 기색이 역력했다.

"그냥 소개만 시켜줘. 들어가려면 소개가 있어야 할 거 아냐?"

─그렇긴 한데… 에이! 귀찮은데. 형, 그냥 편하게 만나고 잘 수 있는 곳 있는데 그쪽으로 가요.

"너랑 동서 될 일 없다. 정 안 된다면 어쩔 수 없지. 다른 사람에게 부탁하는 수밖에."

준영이 전화를 끊으려 하자 민혁은 어쩔 수 없다는 듯 힘없이 말했다.

─…알았어요. 같이 가요. 대신 아이템 제가 달라는 대로 줘야 해요?

"아직도 게임 하냐? 알았다. 원하는 대로 주마."

─그럼 내일 6시 30분까지 집으로 오세요. 참! 그리고 복장은 최대한 단정하게 입으셔야 해요.

민혁은 노파심에 이런저런 얘기를 해주었지만 준영은 현실에서야 처음이었지, 가상현실에서는 모임을 주도하던 이였다.

다음 날 민혁의 집에 가서 민혁과 함께 나온 준영은 간판도 없는 깔끔한 건물 지하에 주차를 했다.

"여기냐?"

지하 주차장엔 단 한 대의 국산 차도 없었다. 대부분 가격대가 수억에서 수십억대의 슈퍼카들뿐이었다.

"네, 젠장! 민욱이 형도 왔네."

깔끔하고 단정한 차림의 민혁은 싫어하는 사람이라도 왔는지 인상을 잔뜩 찌푸렸다.

"민욱이라면 사촌 형?"

"네, 저만 보면 잔소리를 어찌나 해대는지 몰라요. 어쨌든 들어가요."

지하 주차장 엘리베이터 앞엔 경호원으로 보이는 두 사람이 서 있었다.

"신분증을 경호원에게 주고 CCTV를 정면으로 바라보세요. 그럼 잠시 후 엘리베이터 문이 열릴 거예요."

"안 열리면 못 들어간다는 소리네?"

"농담 마요. 이곳만큼 인간의 가치를 잘 파악하는 곳도 드물 걸요. 형은 합격하고도 남아요. 물론 가치가 떨어진다면 회원에서 잘리게 되지만요."

민혁의 말처럼 엘리베이터 문이 열렸다.

신분증을 다시 받고 엘리베이터에 오르자 민혁은 2층을 눌렀다.

"어서 오세요. 성심미디어 안 사장님이시죠? 구영진입니다."

엘리베이터에서 내리자 또래로 보이는 사내가 은은한 미소를 띤 채 인사를 해왔다.

"구성전자의 구영진 실장님이 환대해 주시다니 감사합니다."

준영은 민혁에게 이 건물을 드나드는 구성원들에 대해 알아봤고 나름 조사를 마친 상태였다.

"미력하나마 올해 이곳을 책임지고 있습니다. 즐거운 시간 보내세요. 민혁이는 간만이구나. 자주 좀 들려라."

"…예, 영진이 형님."

민혁은 구영진의 말에 가타부타 말없이 고개를 숙이며 인사를 했다.

까불거리기를 좋아하는 민혁이 쩔쩔매는 모습이 안쓰럽긴 했지만 일단 이곳까지 온 이상 자신의 일이 먼저였다.

"불편하지 않다면 제가 이곳을 잠깐 안내할까 하는데 어떻습니까?"

"신세 좀 지겠습니다."

2층은 편안한 카페처럼 꾸며져 있었는데 이십여 명이 삼삼오오 모여 즐겁게 얘기를 하고 있었다.

구영진은 그들 한 명 한 명을 소개시켜 줬고 그들은 밝은 표정으로 맞이해 줬다.

예전 현수를 통해 동기들을 소개 받을 때처럼 자연스러웠고 학교에서 만나던 후배, 선배와 다를 바가 없었다.

"나머지는 민혁이가 설명 좀 해주렴. 즐거운 시간 보내고 나중에 시간 되면 얘기나 나눠요."

"그래요."

구영진과는 같은 나이라는 공통점 때문에 같이 다니면서 한결 말투가 가벼워졌다.

"휴우~ 형이 옆에 있어서 그런가? 민욱이 형이 잔소리를 하지 않으니 살 만하네요. 준영이 형, 뭐 마실래요?"

그의 사촌 형언 민욱과 인사를 하는 동안 잔뜩 긴장해 고개조차 들지 못하던 민혁이 생각나 준영은 피식 웃으며 말했다.

"시원한 아이스커피로 부탁해."

"술 약간 넣어서요?"

"하하! 그래."

민혁은 한쪽으로 바로 주문을 하러 갔다.

준영에게 부유층 자제들이 모이는 이런 공간은 그리 낯선 공간이 아니었다.

그래서 편안하게 앉아 얘기를 나누고 있는 이곳 멤버들을 찬찬히 바라봤다.

"마음에 드는 여성을 찾는 건가요?"

조금 전에 인사를 나눴던 LC그룹의 백연화였다.

"그럴 리가요. 그저 처음 온 것이라 촌놈처럼 두리번거리고 있었죠. 그리고 굳이 멀리서 찾을 필요가 없을 것 같은데요? 앉으세요."

"호호호! 칭찬으로 들을게요."

백연화는 살짝 이채를 띠고 말한 뒤 자리에 앉았다.

"처음 이곳에 와서 대화 상대가 필요할 것 같아 왔는데 굳이 그럴 필요가 없었던 것 같네요."

"휴우~ 아닙니다. 대화 상대가 간절했습니다. 지금 이름을 기억하느라 머릿속은 전쟁입니다."

"저런, 제 이름은 기억하나요, 안준영 씨?"

"당연하죠, 백연화 씨. 제가 헷갈리는 건 남자들의 이름뿐이랍니다."

"바람둥이 기질이 있으시군요?"

"이성의 이름을 먼저 기억하는 건 남자들의 DNA에 새겨진 본능일걸요. 아마 여기 있는 남자들은 모두 제 말을 인정할 겁니다."

"호호! 물어봐야겠군요."

농담처럼 말하던 백연화는 다른 테이블에 있는 남자를 불러 준영이 했던 말을 그대로 물었다.

"연화 누나, 이분 바람둥이야. 남자라고 해도 관심 없는 여자의 이름은 신경 쓰지 않아."

진양그룹 셋째인 금필호가 장난기 가득한 얼굴로 말했고 백연화는 어떠냐는 듯 물었다.

"그렇다는데요?"

"이런, 불공평하군요. 금필호 씨는 DNA가 남자보다는 여자에 가까운 게 아닌지 모르겠군요."

준영은 승복할 수 없다는 듯 말했다. 금필호는 발끈하며 말했다.

"아니거든요! 제가 얼마나 여자를 좋아하는데요!"

"몇 명이나 사귀어봤는데요?"

"지금까지 열 명, 아니, 열두 명은……!"

사귄 횟수를 말하던 금필호는 입을 닫았고 준영은 백연화를 보며 빙긋 웃으며 말했다.

"그렇다는데요? 바람둥이들은 자신을 제외한 남자들을 적으로 생각하고 공격한답니다."

"좋아요. 믿을게요. 깔깔깔깔!"

백연화는 목젖까지 보이며 깔깔거렸다. 그녀의 시원한 웃음 때문일까. 다른 테이블에 있던 두 명이 더 준영의 자리로 찾아 왔다.

입을 다무는 게 미덕이 아닌 자리에서 처음 보는 사람과 말할 것이 없을 땐 그저 머릿속에서 떠오르는 질문을 하면 된다.

"이곳에선 어떤 얘기들을 주로 합니까?"

"보통 시시콜콜한 얘기들을 하죠."

물론 아예 말이 없다면 어쩔 수 없지만 예의상 한두 마디는 하게 마련이었다.

민심그룹의 4세인 이진호가 답을 했다.

"일상적인 얘기를 말하나 보군요. 그럼 간단한 주제가 있다면 더 좋겠군요. 얼마 전 저희 회사 어댑터 기술을 사용하던 중국 기업이 더 이상 쓰지 않겠다고 말하더군요. 그래서 알아 봤더니 거의 똑같은 기술을 카피해서 쓰더라고요. 어떻게 해야 할지 고민하고 있는데 여러분들은 의견은 어떤지요?"

"중국이라면… 포기하세요."

금필호는 짧지만 현실적인 답을 했다.

"역시 그런가요? 중국이 옛날과 비교하면 국제사회의 눈치를 본다고 하지만 분쟁이 일어나면 자국 회사의 편을 들어주는 곳이니 어쩔 수 없나 보군요."

"그래도 소송을 하는 게 좋지 않을까요?"

"가만히 있는 게 억울하긴 하겠지만 성심미디어와 연관된 회사라면 명천소프트일 텐데 법적으로 들어가도 소용없을 거예요. 게다가 퍼블리싱 하고 있는 게임에도 영향을 미칠 거고요."

"그렇다고 언제까지 가만히 두고 볼 수야 없지. 정치권에 힘이 있다면 한국 명천그룹이라도 압박해야 해. 그 망할 자식들! 시장경제 따윈 언제라도 무시할 수 있는 족속들이야!'

지금까지 가만히 있던 가장 나이가 많은 DIM그룹 김인명이 열을 내며 중국을 씹어댔다.

일단 대화가 시작되자 준영은 굳이 많은 말을 할 필요가 없었다. 지켜보고 있다가 대화가 끊길 것 같으면 살짝 다른 주제를 던져 주며 원하는 방향으로 대화가 흐르도록 유도했다.

"…글쎄요, 올해 대선에선 여당이 되어야 유리할 것 같은데요."

"딱히 상관없지 않아? 초반에 전 정권에 대한 처벌이야 있겠지만 경제 우선 정책은 계속될 수밖에 없잖아?'

"아니죠! 분명 버릇을 가르친다는 명분으로 우리들을 걸고 넘어질 게 분명해요. 정권이 바뀔 때마다 그러면 사업을 할 수가 없죠."

재벌 3, 4세라고 삼두육비의 괴물들은 아니었다.

적당히 예의 바르고, 적당히 감성적이었고, 적당히 즐기고, 적당히 열 내는 똑같은 사람이었다.

다만 한 가지만 달랐다.

태어날 때부터 금 수저를 입에 물고 태어나서인지 선민의식과 독단적인 생각이 머릿속에 박혀 있었다.

"…그러게 그 자식이 필양이 형한테 대든 거예요."

"필양이 형 성격이라면 가만히 있지 않았을 텐데?"

"당연하죠. 박치기로 그 자식의 머리를 박아버렸죠. 쌍코피가 터지고 난리가 났어요. 하하하!"

"누울 자리를 보고 다리를 뻗어야지. 그 자식은 하필 필양이 형한테 까불어."

세 사람은 신이 난 듯 얘기했고, 백연화만 살짝 인상을 찌푸리고 있었다.

얘기에 나온 '그 자식'은 진양그룹에 다니는 40대 중반의 부장이었다.

"듣기 불편하지 않아요?"

옆에 앉아 있던 백연화가 귓속말로 속삭였다.

"연화 씨는 불편한가 봐요?"

"약간이요. 큰아버지가 예전에 저런 식으로 행동했다가 여론의 질타를 받고 결국 저희 아빠에게 경영권까지 뺏겼었거든요. 그런 아빠에게 교육을 받아서인지 별로예요. 그러니 아까처럼 대화의 흐름 좀 바꿔봐요."

준영은 이채를 띠고 백연화를 보았다.

하지만 대화의 흐름은 바꾸지 않았다. 오히려 준영은 지어낸 얘기로 이야기에 불을 지폈다.

백연화는 인상을 쓰며 결국 자리에서 일어났고 다른 사람들이 모여들었다.

이야기의 대부분은 자신들이 직원들을 어떻게 혼냈는지에 맞춰졌다.

회사에서 그들은 왕자, 공주였고 직원들은 하인과 하녀였다.

"가자."

이미 준영은 있으나 없으나 마찬가지였다. 굳이 더 있을 필요가 없다고 생각한 준영은 민혁에게 속삭였다.

이제나저제나 기다리던 민혁은 웃는 얼굴이 되어 일어났다.

"벌써 가려고요?"

엘리베이터로 가려는데 구영진이 나타났다.

"오늘은 일단 분위기만 보러 왔으니까요. 다음엔 같이 술이나 한잔했으면 하네요."

"하하! 준영 씨라면 언제든지 환영입니다. 회원이 되는 조건은 민혁이에게 물어보면 될 겁니다."

"알겠습니다."

구영진과 인사를 하고 가려는데 엘리베이터 앞에 또 한 사람이 기다리고 있었다.

백연화였다.

"무슨 의도로 왔는지 모르지만 만족하고 가나요?"

"의도라뇨? 그저 어떤 곳인가 해서 와봤을 뿐입니다."

"글쎄요, 준영 씨가 그렇다면 그런 거겠죠. 하지만 전 왠지 목적이 있어 왔다는 느낌을 지울 수가 없어요. 게다가 우리를 바라보는 눈빛이 마치 저희 할아버지가 테스트를 할 때의 눈빛과 비슷하더군요."

"백 전(前) 회장님의 눈빛이었습니까? 이런, 얼굴도 노티가 나는데 눈빛까지 그랬다니 왠지 슬프군요."

준영은 능청스런 대답으로 은근슬쩍 넘어가려 했다.

"픕! 그냥 느낌이 그랬다는 것뿐이에요."

"전혀 위로가 되지 않는군요. 어쨌든 즐거웠어요. 다음에 또 뵙죠."

"다음에도 올 생각인가요?"

"그럼요. 사업을 하려면 인맥이 필요하잖아요."

준영은 백연화에게 싱긋 웃으며 손을 흔들었고 엘리베이터에 올랐다.

준영이 굳이 이곳을 찾아와 재벌 3, 4세들을 만난 이유는 그들을 벌하기 위함이 아니라 기준을 세우기 위해서였다.

가진 자가 나쁜 자는 아니었다.

다만 가진 것을 이용해 초법적인 지위를 누리거나 그들이 가진 게 없다고 생각하는 이들을 괴롭히는 것이 나쁜 것이었다.

그리고 그것이 당연하다고 생각하는 것이 잘못된 것이었다.

*   *   *

민혁과 작별을 한 준영은 천(天)이 있는 사무실이 아닌 집으로 향했다.

요즘 너무 머리를 써서인지 오늘은 집에서 따뜻한 밥을 먹고 그냥 아무 생각 없이 쉬고 싶었다.

"어서 오렴. 살이 많이 빠진 것 같은데 굶고 다니는 건 아니지?"

어머니는 부드러운 미소를 지으며 맞아주셨다.

준영은 왠지 어리광을 피우고 싶었다. 그래서 딱딱한 표정을 지우고 밝게 말했다.

"엄마, 김치 국밥 먹고 싶네요."

"녀석하곤… 씻고 나오렴."

집은 바뀐 게 없었다.

할아버지 할머니는 TV를 보고 계셨고, 아버지는 인터넷 바둑에 빠지셔서 인사를 받는 둥 마는 둥 하시곤 고글을 쓰고 손을 놀리고 계셨다.

보자마자 손을 벌리는 산영에게 용돈으로 얼마를 쥐어 주고 나니 어머니가 불렀다.

김치 국밥은 만드는 데 별 기술이 필요 없었다.

그냥 맛있는 신 김치를 물에 넣고 팔팔 끓이다 밥을 넣고 다시 끓이면 그게 끝이었다.

취양에 맞게 계란과 떡을 넣으면 더욱 좋았다.

처음엔 웬 개밥인가 싶었는데 이젠 간혹 생각이 날 정도로 좋아하는 음식이 되었다.

"잘 먹었습니다."

거짓말 조금 보태서 한 솥을 끓였는데 거의 다 먹었고, 그러고 나니 배가 터질 것 같았다.

준영은 산영의 방이 된 예전 자신의 방으로 들어갔다. 산영의 방이 되면서 알록달록 포인트 벽지가 발라지고 침대가 놓여 있었다.

준영은 아무 생각 없이 침대에 누웠다. 그리고 잠시 후 코를 골며 잠에 빠졌다.

"……."

악몽을 꾸었다.

예전처럼 고민할 정도는 아니었지만 악귀 같은 자신의 모습을 보고 싶지 않았기에 잠에서 깨어나길 바랐고 깨어날 수 있었다.

시계를 확인하니 새벽 2시.

준영은 다시 잠을 자려고 했지만 평소보다 일찍 자다가 깨서인지 잠이 잘 오지 않았다.

양복을 뒤져 시가를 꺼낸 준영은 조심스럽게 아래로 내려가 마당으로 나왔다.

"후우우~~"

마당 한편에 놓인 의자에 앉아 담뱃불을 붙이고 길게 내뿜었다. 아직 여름이 되기 전이라 그런지 새벽 공기는 시원했다.

"커험!"

정말 아무 생각 없이 담배를 피우고 있는데 갑작스럽게 들리는 헛기침 소리에 준영은 자리에서 일어나 얼른 담배를 비벼 껐다.

"할아버지, 안 주무셨어요?"

"허허. 낮잠을 많이 자서 잠이 안 오는구나. 한데 넌 자지 않고 뭐 하는 게냐?"

"잠이 깨서 잠깐 바람 쐬고 있었어요."

"그래, 그럼 할애비랑 얘기나 할까?"

의자에 앉으시는데 싫다고 할 수는 없었다. 준영도 할아버지의 옆에 앉았다.

"힘들지?"

할아버지가 허벅지를 쓰다듬으면서 물었다.

"잘 풀려서 그리 힘들 것도 없어요."

"녀석… 돈 버는 일 중에 쉬운 일이 어디 있겠냐? 너무 무리하지 마라. 건강이 우선인 게야."

"네, 항상 건강에 신경 쓰고 있어요."

"그래야지. 할애비는 항상 너희들에게 미안하단다. 내가 젊었을 때 좀 열심히 했다면 네 아비와 삼촌들이 편했을 테고 너희들도 편하게 클 수 있었을 텐데……."

"별말씀을요."

할아버지의 손은 여전히 허벅지를 툭툭 치거나 쓰다듬고 계셨지만 눈은 과거로 향해 있었다.

먹을 것이 없어 자원입대한 군 생활을 말하실 땐 웃으셨고, 아버지와 작은아버지들을 낳고 하시던 일이 안 되어 다섯 식구가 한 방에서 지내던 얘기를 하실 때는 인상을 쓰셨다.

준영은 간단한 추임새를 넣으며 할아버지 말씀에 귀 기울였다.

상상이 되지 않는 시대의 얘기였지만 흥미진진했다.

"그래도 할애비 시대엔 게으름 피우지 않고 일하면 집도 사고 차도 살 수 있는 시대였다. 힘든 때이긴 했지만 그래도 내

일을 꿈꿀 수 있는 시대였지. 그렇지 못한 시대에 태어나 늙은 할애비와 네 부모를 모셔야 하는 너희 형제를 보면서 걱정이 많았는데… 네 덕분에 이젠 할애비도 마음 편히 눈을 감을 수 있겠구나."

"하하! 오래오래 사셔야죠. 여행도 더 다니시고요."

"껄껄껄! 물론 그래야지."

과거에서 현재로 돌아오신 할아버지는 기분이 좋으신지 호탕하게 웃으셨다.

준영은 문득 그런 할아버지에게 자신의 고민하는 바에 대해 물어보고 싶었다.

"할아버지, 혹시 할아버지가 우리나라를 변화시킬 힘이 있다면 내일을 꿈꿀 수 있는 그 시대처럼 현재를 만드시겠어요?"

잠깐 생각을 하시던 할아버지는 머뭇거림 없이 답을 했다.

"뭣하러."

"네?"

준영은 할아버지의 말씀에 혹시 잘못 들었나 싶어 반문을 했다.

"뭣하러 그런 짓을 해. 나와 가족만 잘살면 되지."

"…그, 그런가요?"

"물론이다. 그건 정치하는 놈들이 할 일이지. 국민의 혈세를 먹고 똥만 싸는 놈들은 뭘 하고 내가 해? 그러니 쓸데없는 생각은 말거라."

할아버지의 마지막 말에 준영은 말문이 막혔다.

마지막 말은 분명 자신에게 하는 말이었다.

빙긋 웃으신 할아버지는 힘겹게 자리에서 일어나셨다. 그리고 느릿한 걸음으로 안으로 들어가시던 할아버지는 하얀 머리를 긁적거리면서 뒤돌아보시곤 한마디 더 하셨다.

"만약에… 할애비에게 그런 힘이 있다면 중손주들을 위해서 그런 시대를 만들어보고는 싶구나. 편히 쉬거라."

"……."

할아버지가 들어가는 모습을 보던 준영은 할아버지처럼 머리를 벅벅 긁었다. 그리고 인공위성만 반짝이는 밤하늘을 바라보다가 중얼거렸다.

"이거야 원. 하라는 말씀이야? 하지 말라는 말씀이야?"

잠시 고민하던 준영은 홀가분한 얼굴로 집 안으로 들어갔다.

이제 편안히 잠을 잘 수 있을 것 같았다.

다음 날, 할아버지는 잠든 모습 그대로 돌아가셨다.

즐거운 꿈을 꾸셨는지 미소를 지은 채셨다.

11장

결혼식 전날 밤

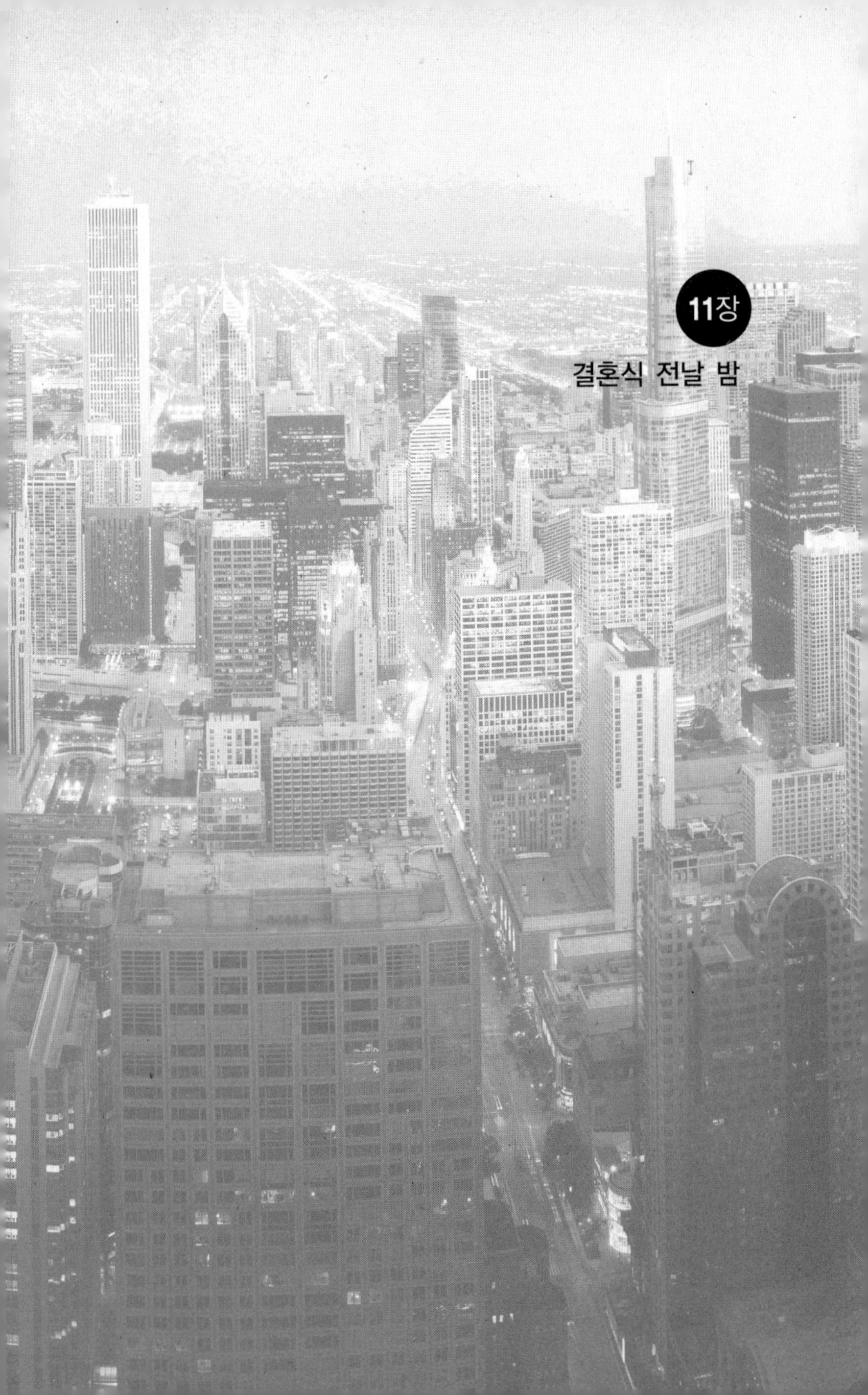

퓨텍 특별 대응 팀의 본부가 충청북도 옥천에 위치해 있는 것을 아는 사람은 소수에 불과했다.

겉으로 보기에도, 안으로 들어가도 조금 큰 물류 창고처럼 보였지만 지하로 내려가면 완전히 달랐다.

NIS―국가정보원― 사이버 테러 전담 본부보다 더 좋은 장비들이 즐비했고, 편안한 차림의 외국인들이 고글과 헤드셋을 쓰고 자리에 앉아 연신 손을 움직이고 있었다. 그리고 세 개의 벽면에는 수많은 화면이 떠서 연신 다른 장면으로 바뀌고 있었다.

처음 본 사람이라면 눈이 어지러워 1분도 보지 못할 그 화면들을 금발 머리의 중년 사내는 벌써 한 시간째 심각한 표정으로 바라보고 있었다.

"제임스, 추적은?"

금발의 중년 사내의 입에서 중저음의 목소리가 흘러나왔다.

"쫓을 수가 없습니다. 지금까지의 움직임과 달리 너무 빠릅니다! 그리고 갑자기 사라져 버립니다."

고글을 쓴 채 손을 멈추지 않고 움직이는 남자는 다급한 목소리로 외쳤다.

"무슨 수를 써서라도 찾아. 우리의 존재 목적을 잊지 말라고."

"그건 알지만… 최선을 다하겠습니다."

금발의 중년 사내는 제임스의 목소리에 자신감이 전혀 없음을 느꼈다.

눈이 피곤했는지 왼손으로 눈을 잠시 비빈 사내는 자리를 이탈해 자신의 방으로 향했다.

"이젠 추적도 물 건너간 건가……."

예전 마더에서 빠져나온 수많은 데이터들은 전 세계로 흩어져 불특정 서버로 들어가 버렸다.

회수를 하려 하면 다시 움직이는 통에 회수는 하지 못하고 어디로 빠져나가는지 감시만 해야 했다.

한데 한 시간 전부터 감시하고 있던 데이터들이 일제히 다시 움직이기 시작했다.

지난 1년간 철저하게 준비하고 있었다고 하지만 착각이었다.

마치 자신들이 추적을 할 것이라고 예상이라도 했다는 듯 예년에 비해 수 배는 빠른 속도로 움직였다. 문제는 이번에는 그 데이터들이 어느 서버에 기생하는 것이 아니라 아예 사라져 버리고 있다는 것이었다.

그는 의자에 앉자 자신의 보스이자 교우 재단 이사장인 장두호에게 전화를 걸었다.

─밥의 표정을 보니 결과를 예측하기 어렵지 않군요.

화면에 나타난 장두호는 예상이라도 했다는 듯 담담한 표정으로 말했다.

"죄송합니다. 마치 우리의 행동을 예측이라도 한 듯이 움직이는 통에……."

다른 말을 할 수가 없었다.

특별 대응 팀이 만들어진 지 7년. 딱히 제대로 성과를 보여준 적이 없는데 매번 실패만 하니 밥으로서도 죽을 맛이었다.

─밥이 미안해할 일이 아닙니다. 지금까지 제가 제대로 된 정보를 드리지 못해 일어난 일이니까요.

장두호는 결심을 한 듯 굳은 얼굴로 말을 이었다.

─우리가 쫓는 놈은 마더와 같은 인공지능을 가지고 있을 가능성이 높습니다.

"네? 인공지능이라고요?"

처음 듣는 얘기였다.

밥이 듣기로는 한 해커가 마더를 해킹해 정보를 유출했다는 것이었다.

DDR도 그 해커나 해커가 속한 조직의 작품일 가능성이 높다고 해서 쫓고 있는데 뜬금없이 인공지능이라니 놀랄 수밖에 없었다.

"자세히 말해주시겠습니까?"

─물론 해드려야죠. 얘기가 길어질듯 하니 이쪽으로 오세요. 이젠 쫓기보다는 나타날 때를 기다려 놈이 노리는 쪽으로 방향을 선회해야 하고 향후 대처 방법도 의논해야 하니 말입니다.

"…금방 찾아뵙죠."

전화를 끊은 밥의 표정은 살짝 찌푸려져 있었다.

지금까지 제대로 된 정보를 주지 않아 개고생을 했다는 생각 때문이었다. 하지만 곧 인상을 풀고 교우 재단이 있는 서울로 향할 채비를 했다.

기분이 나쁘다고 해도 특별 대응 팀의 실직적인 보스는 장두호였다.

*　　　*　　　*

할아버지의 장례식을 마치고 준영은 할머니와 부모님들이 살 새로운 집을 구해야 했다. 할머니께서 할아버지와의 추억이 가득한 집에서 더 이상 지내고 싶지 않다고 말씀하셔서였다. 경로당에서 가까운 건물을 구하고 리모델링을 지시한 준영은 성심기계로 출근을 했다.

"괜찮니?"

천(天)이 물었다.

"글쎄요, 돌아가실 연세였고 다들 호상이라고 말할 정도로 편안하게 가셨잖아요. 한데 겨우 2년밖에 함께하지 못한 분이었는데… 원래 몸의 주인이었던 준영의 감정인지 제 감정인지 모르겠지만 좀 먹먹하네요."

담담한 말투였지만 천(天)은 준영이 슬퍼하고 있음을 알 수 있었다.

"쩝! 시간이 해결해 주겠죠. 일이나 하죠. 그러다 보면 어느새 잊고 웃으며 지낼 거예요."

"그렇게 될 거야. 그래, 이제 결정은 했니?"

천(天)은 애써 괜찮은 척하려는 준영의 보조를 맞추려는 듯 화제를 돌렸다.

"네, 날 위해선 평생 먹고살 정도로 벌어뒀으니 미래의 제 자식들을 위해 노력 좀 해보려고요."

"후후! 괜찮은 이유네."

"그렇죠? 할아버지가 남겨주신 이유죠. 대신 이기적일 거예요. 나와 가족이 우선이고 그다음이 일이 될 거예요. 그게 싫다면 미리 말해요."

"당연히 그래야지. 어떤 일보다 네가 먼저니까."

"좋아요, 그럼 해봐요."

준영은 천(天)과 하이 파이브를 했다.

한 인간과 인조인간의 이 간단한 하이 파이브가 대한민국의 미래가 바뀌는 출발점이라는 건 아무도 몰랐다.

"뭐부터 할 거야?"

약간 들뜬 목소리로 말하는 천(天)을 보며 준영은 피식 웃었다.

"그렇게 좋아요?"

"응, 드디어 명령을 이룰 수 있게 되었으니까."

"죽은 자의 명령을 그토록… 아! 미안해요."

죽어버린 박교우 박사의 명령을 이루고자 하는 천(天)이 안쓰러워서 하는 말이었지만 다른 의미로 받아들일 수 있었기에 재빨리 사과했다.

"괜찮아. 네 말이 틀리지 않으니까. 나중에 너도 분명 이해할 날이 올 거야."

'그런 일은 없을 거예요' 라는 말은 삼켜야 했다.

미래에 어떻게 될지는 아무도 모르는 일이었다.

"일단 대지 형에게 조용하게 밤의 세계를 장악하라고 해주세요."

"얼마나 조용하게?"

"내년 3월까지는 경찰에 주목 받아선 안 돼요."

"3월부터는 괜찮고?"

천(天)은 고개를 갸웃거리며 물었다.

그런 천(天)의 모습을 보며 이제는 정말 인간과 구분하기 힘들다고 생각하며 말했다.

"네, 그때는 적당히 시끄러워도 상관없을 거예요."

"방법이 있다는 소리구나. 좋아, 전달했어."

여전히 빠른 천(天)이었다.

"성심테크에서 개발 중인 기술들 있죠?"

"응."

"지금 제 컴퓨터로 그 기술에 대해 전부 보내주세요."

"전부? 양이 꽤 많을 텐데?"

많아 봐야 얼마나 될까 싶었는데 바탕 화면에 만들어진 폴더는 바이러스처럼 하드디스크의 공간을 급속도로 잡아먹고 있었다. 그리고 거의 모든 하드디스크를 채우고서야 멈췄다.

폴더를 클릭하던 준영은 그 양에 질렸다. 그리고 내용의 대부분은 알아먹지 못하는 수학 기호들로 가득했다.

하나의 문서를 열고 대충 어떤 기술인지만 보는 데 30분이 걸렸다. 준영은 당장 끼고 있는 고글을 던져 버리고 정리해서 다시 보내달라고 말하고 싶었다.

하지만 천(天)이 자신의 부하 직원이 아니었기에 꾹 참고 읽어나갔다.

시간이 지나자 읽는 속도가 빨라졌다. 그리고 기술들 중에 당장 실용화되면 괜찮을 것 같은 것은 새 문서를 열어 기록해 두었다.

"밥 먹고 해."

갑자기 문서가 쩍 갈라지며 새끼손가락만 한 천(天)이 나타나며 말했다. 시계를 확인하니 어느새 저녁 시간이었다. 다섯 시간을 꼼짝하지 않고 문서만 보고 있었던 것이다.

"이건 뭐야?"

준영이 작성한 문서를 보며 천(天)이 물었다.

"사업 아이템이요."

"이 많은 걸 다 하겠다고? 역시 각오를 하니 달라지는구나."

"미안하지만 제가 할 게 아니에요."

"그럼?"

"대부분이 누나가 할 일이죠."

"……."

"회사 설립은 걱정 말아요. 그리고 일도 많지 않을 거예요. 모두 소규모 사업장들을 사는 쪽으로 일을 진행할 테고 이후엔 그저 기술만 적용해서 팔 거니까요. 다만 인조인간들을 사장으로 앉혀야 하니 미리미리 준비해 두세요."

"…무슨 일을 하려는지 감이 안 잡히는데? 차라리 성심테크로 몰아서 일을 하는 편이 좋지 않겠어?"

"그럼 안 돼요. 우리나라의 새로운 재벌 기업이 되려고 하는 일이 아니니까요."

"그럼?"

"일단 지켜보세요."

준영은 말을 아꼈다.

조금만 지나면 어차피 모두 알 일이긴 했지만 그 전까지는 모르는 편이 나았다. 인조인간인 천(天)에게 벌써부터 비인간적이라는 말을 듣고 싶지는 않았다.

성심기계도 성심미디어처럼 회사 근처의 식당들과 계약을 해 사원증으로 결제가 가능했는데, 사원들이 40퍼센트를 내고 회사가 60퍼센트를 지불하는 구조였다.

물론 만 원 이하로 한 달 20회가 한계였지만 직원들에게 열렬한 지지를 받을 수 있었다.

"오늘은 맛있는 거 먹으러 가요."

천(天)과 함께 나온 준영은 식당을 두리번거리다가 다시 회사로 들어가 차를 끌고 이태원으로 향했다. 오늘은 왠지 요리다운 요리가 먹고 싶었다.

유명 요리사가 하는 레스토랑으로 들어간 준영은 메뉴판을 본 후 물었다.

"누나는 뭐 먹을래요?"

"너랑 같은 걸로."

인조인간이지만 천(天)은 음식을 먹을 수 있었다. 맛을 인간처럼 느끼지 못한다고 했지만 어떤 성분이 들었는지 재료가 무엇인지는 인간보다 정확하게 알 수 있었다. 물론 소화는 못 시켰고 먹은 것을 배에 모아뒀다가 화장실에 가서 비워야 했다.

처음 그 사실을 알았을 때 왜 그런 기능을 만들었냐고 묻자 '너 혼자 밥을 먹는 모습이 안타까워서'라는 말을 해 꽤나 감동을 받았었다.

천(天)과 준영은 남들이 보기엔 연인으로 보일 정도로 음식에 대해 이것저것 얘기하며 저녁을 먹었다.

"그러니까 누나도 이런 음식을 충분히 만들 수 있다는 말이군요?"

"응, 로봇을 이용해 만들어봤는데 공사장 인부들이 무척이나 좋아했어."

"다음에 성심테크 본사에 가면 맛볼 수 있겠네요."

"물론이지. 말만 하라고. 어떤 요리라도 해줄 테니까."

"하하! 기대할게요."

한참 얘기하는데 한 사내가 테이블에서 약간 떨어진 곳에 서서 머뭇거리고 있었다.

"무슨 일이죠?"

준영이 물었다.

"식사하는 데 죄송합니다. 다름이 아니라 여성분에게 할 얘기가 있어서요. 저는 쓰리엑스엔터테인먼트의 김상진 실장입니다. 혹시 연예인에 관심이 있으시면……."

"없어요."

천(天)은 단번에 거절했다.

"그래도 혹시 모르니까 명함이라도 드리고 가겠습니다. 실례했습니다."

김상진이 명함을 테이블 한쪽에 올려놓고 갔다.

"우와! 하늘이 누나 대단한데. 길거리 캐스팅을 당하다니 말이야."

객관적으로 천(天)의 얼굴과 몸매가 사기적이긴 했다.

"지겨워. 벌써 몇 번짼지 모르겠어."

천(天)의 얼굴엔 귀찮다는 표정이 역력했다.

"쓰리엑스엔터테인먼트라면 꽤 유명한 회사예요. 대지 형처럼 취미로 해보지 그래요?"

"필요 없어. 내 취미는 요리야."

"언제부터요?"

"지금부터."

평양 감사도 자기가 싫으면 싫은 것이었다.

물론 재미있는 얘기거리였기에 언제 어디서 캐스팅 제의를 받았는지 물었다.

후식을 먹으며 한참 떠드는데 메시지가 도착했다. 처음 보는 전화번호였고 3D 동영상 메시지였다. 준영은 메시지를 터치했다. 철무한과 능령이 옛 명나라 시대의 결혼 복장을 한 화면이 떠올랐다.

안녕하세요. 이번에 저 철무한이 명천그룹의 진능령 양과 결혼을 하게 되었습니다. …(중략)…… 초청장을 받으신 분들은 반드시 참석해 주시리라 믿습니다. 그럼 그날 뵙도록 하겠습니다.

동영상을 보는 준영의 얼굴은 딱딱하게 굳었고 붉은 예복을 입은 능령에게서 시선을 떼지 못했다.

*   *   *

천(天)이 따라온다는 걸 말리고 상하이행 비행기에 몸을 실었다. 1등석 비행기 표까지 떡하니 보내줬는데 안 가는 것은 예의가 아니었다.

"이 자식아, 좋아하던 여자가 결혼한다는데 뭐가 좋다고 졸래졸래 쫓아가?"

뒷자리에 앉아 있던 진호천이 또다시 투덜댔다.

공항에서 만났는데 그때부터 같은 말의 반복이었다.

"적당히 하세요. '좋아했던' 이잖아요. 이미 지난 과거형이란 말이죠. 그리고 삼촌 되시는 분은 왜 이제야 가시는 건데요? 미리 가서 조카사위의 인사를 받고 즐기고 있어야 하는 거 아닙니까?"

"난 그 자식 싫어. 음흉한 놈이야. 어댑터도 그 자식 짓일 걸. 형님은 도대체 그 자식이 뭐가 그리 좋다고… 어쨌든 가는 건 좋은데 헛짓할 생각 마라. 한국에 돌아오고 싶으면."

"왜요? 죽이기라도 할까 봐서요?"

"…응."

너무 진지한 답이었기에 준영은 할 말을 잃었다.

"걱정 마라. 내가 지켜주마."

얼굴은 보이지 않았지만 목소리만으로도 꽤나 심각하다는 걸 알 수 있었다.

하지만 딱히 걱정하지는 않았다.

지금 데리고 가는 두 명의 경호원을 제외하고라도 상하이에 있는 인조 로봇들도 꽤 됐다.

"제 경호원들, 꽤 강해요."

"어쨌든 호텔에 들어가면 얌전히 있어라. 그리고 결혼식 들렀다가 바로 한국으로 돌아가."

"네네."

위험이 있다면 굳이 자초할 생각은 없었다.

"데려다줄까?"

"아뇨, 안 그래도 늦었는데 빨리 가보세요. 절 기다리는 차가 대기하고 있어요."

"진짜? 그놈, 지사도 없는 놈이 재주도 좋구나."

상하이에 도착하자 진호천은 호텔에서 움직이지 말라고 한 번 더 경고하고 떠났다.

준영은 대기 중인 차에 올라 호텔로 향했다.

"좋은 곳도 잡아뒀네."

끝이 비구름마저 중간에 걸려 있는 것처럼 보이는 아마득한 높이의 건물이었다.

85층에서 99층까지가 호텔이었는데, 철무한이 잡아둔 곳은 99층의 최고급 스위트룸이었다.

하지만 아무리 좋으면 뭘하나.

할 일이 없다면 싸구려 여관과 다를 바가 없었다.

투둑! 투둑!

굵은 빗방울이 창문을 두들겼다. 그리고 잠시 후 시원하게 내리기 시작했다.

"청승맞게 비까지 오는군."

할 일 없을 땐 술이 최고였다.

룸서비스로 고급 요리와 술을 시켰다.

거실에서 멀뚱히 서 있는 경호원들을 흘깃 보다 고개를 돌렸다. 천(天)과 달리 두 경호원에게는 음식을 먹는 기능이 없었다.

준영은 창가 자리에 앉아 야경을 보며 술을 마셨다.

"쯧! 술맛이 완전 맹탕이네."

위스키를 반병쯤 마셨음에도 취기는 없었다. 그때 노크 소리가 들렸다.

준영의 손짓에 경호원이 문이 열었고 비를 맞은 능령이 들어왔다.

"누나?"

준영은 눈을 의심해야 했다.

"여긴 왜 왔어!"

능령의 표정은 딱딱하게 굳어 있었고 눈썹은 역팔자가 되어 슬퍼 보였다.

준영은 경호원이 갖다 준 수건을 들고 능령의 젖은 머리에 올려주며 말했다.

"초대장이 와서 왔죠. 그리고 예쁜 얼굴로 결혼하는 모습도 볼 겸해서 겸사겸사. 하하하!"

"넌 웃음이 나오니? 삼촌에게 네가 왔다는 소식 듣고 얼마나 놀랐는지 알아?"

수건으로 닦을 생각도 하지 않았기에 준영이 손을 들어 그녀의 머리를 닦아주며 말했다.

"별일이야 있겠어요? 그리고 걱정 말아요. 어떤 일이 있든 난 무사할 테니까요."

"넌 그 사람이 어떤 사람인지 몰라!"

"누구요? 철무한 씨요? 진호천 대인도 그러더니 누나도 이렇게 말하는 걸 보니 꽤나 무서운 사람인가 보네요?"

"맞아. 무서운 사람이야. 그러니 당장 돌아가. 그리고 잊어. 내가 나중에 찾아갈게. 그러니 당장……."

준영은 계속 다그치는 능령의 입을 손으로 막았다.

"알았어요. 갈게요. 그러니 일단 입 다물고 젖은 몸부터 말려요."

"……."

돌아간다고 해서일까. 능령은 준영의 말에 순순히 몇 장의 수건을 이용해 젖은 곳을 닦았다.

"한잔할래요? 혼자 마시기 안 그래도 심심했는데."

"얼른……."

"네네, 바로 갈게요. 누나가 간 다음 비행기 시간 확인하고 바로 체크아웃할게요. 됐죠?"

준영은 비어 있는 잔에 얼음과 위스키를 따라 능령에게 건넸다.

"반드시 그래야 해."

고개를 끄덕이자 그제야 위스키를 입에 댔다. 준영은 그런 능령에게 빙긋 웃어주고 시선을 창밖으로 돌렸다.

"가는 날이 장날이라는 말 아시죠?"

"응……."

"오늘이 딱 그 짝이네요. 이렇게 비가 내리다니……."

준영은 씁쓸하게 웃다 다시 환하게 웃으며 능령에게 말했다.

"근데 내가 걱정돼서 이렇게 비까지 맞고 왔어요?"

"…아, 아니거든! 그, 그냥 잠깐 시간이 나서 와본 거야."

"쩝! 난 또 누나가 걱정돼서 온 줄 알았더니……."

살짝 붉어지는 능령의 얼굴을 보며 참 표정 관리 못하는 사람이라는 생각에 피식 웃음이 나왔다. 하지만 그 웃음은 곧 안쓰럽게 바뀌었다.

"저보다 그렇게 무서운 사람과 결혼하는 누나가 더 걱정이네요."

"…내 걱정은 마. 집안끼리의 결혼이라 나에게 함부로 하지 못해."

"그렇구나. 한데 누나."

"응?"

"나랑 한국에 갈래요?"

"……!"

능령의 커질 만큼 커져 버린 눈빛이 흔들리고 있었다. 하지만 곧 씁쓸하게 바뀌며 고개를 절레절레 흔들었다.

"왜요? 제가 걱정되는 거라면 그럴 필요 없어요. 저 생각보다 강해요."

"…미안."

애써 웃으며 미안하다고 말하는 능령을 보며 준영은 고개를 끄덕이며 말했다.

"알았어요. 부디 행복하게 사세요. 어린 영계의 프러포즈를 거절했다고 나중에 두고두고 후회하실 거예요."

"픕! 아마도… 난 이만 가볼게. 꼭 내 말대로 해."

능령은 할 말을 다했다는 듯 자리에서 일어났다. 준영도 자리에서 일어나 마지막 인사를 하려 했다.

"그럴게요. 그리고……!"

하지만 촉촉한 입술이 말을 막았다.

감촉을 느낄 새도 없이 떨어진 입술.

능령은 부드러운 미소를 지어 보이곤 떠났다.

그녀가 떠난 곳을 멍하니 바라보던 준영은 가볍게 한숨을 쉬곤 창가 자리로 가 다시 술을 들이켰다.

똑똑!

다시 들리는 노크 소리에 준영은 방문자가 누구인지 알 것 같았다.

준영의 손짓에 경호원이 문을 열었고 이번엔 두 명의 경호원과 함께 온 철무한이 서 있었다.

"초대에 응해줘서 고맙다는 인사를 하러 왔소."

덤덤한 표정으로 정중하게 말하는 철무한을 보던 준영은 피식 웃으며 말했다.

"쓸데없는 소리로 심력 낭비하지 말죠. 곧 한국으로 가야 하는 비행기를 타야 해서."

"…무슨 말인지?"

"굳이 내 앞에서 연기는 할 필요 없어요. 지금쯤 친척들과 있을 시간에 두 사람이 연속적으로 방문했다라? 어떤 멍청이라도 알 수 있죠. 철무한 씨가 일부러 시간을 만들었겠죠. 가엾은 능령 누나는 내일 남편 될 사람이 자신을 테스트하는지도 모른 채 이곳으로 달려왔고 남편 될 사람은 밖에서 그 모습을 바라보고 있고 말이죠."

"…재미있는 말이군요."

철무한은 얼굴 표정을 완전히 감추진 못했다. 어떻게 반응할지 고민하는 모습으로 준영에겐 보였다.

"뭐, 어쨌든 여기까지 오셨으니 술이나 한잔하시죠."

준영은 능령이 앉았던 자리의 젖은 수건들을 발로 차 한쪽으로 치웠고 능령의 술잔을 한쪽으로 치웠다.

철무한은 술잔에 살짝 묻은 립스틱 자국을 보며 눈을 날카롭게 빛냈다.

준영은 그런 그를 보며 빈정댔다.

"어떤 걸 기대했는지 모르지만 철무한 씨가 기대하는 일 따윈 없었어요. 제가 설마 토끼보다 못하다고 생각한다면 어쩔 수 없지만요."

"…말이 심하군."

"그래요. 흉금을 털어놓고 얘기하죠. 나이가 많은 분이니 말까지 놓자는 말은 못 하겠군요."

준영의 말에 철무한보다 오히려 그가 데리고 온 경호원들이 인상을 쓰며 나서려고 했다.

하지만 철무한이 손을 들어 막았고 자리에 앉았다.

"후후! 생각보다 더 재미있는 친구군. 좋아, 머리도 나쁘지 않고."

"방금 그 표정! 괜찮네요. 이제야 가식을 떨치고 얘기할 수 있게 되는군요."

"……"

준영의 깐족거림을 참기 힘들었는지 철무한의 표정이 굳어졌다. 항상 떠받듦을 당연하다고 여기며 살아온 철무한이 버티기엔 무리가 있었다.

"어린 친구, 최소한의 예의는 지키지?"

"예의? 늙은 친구, 당신은 예의를 지켜서 어댑터를 카피해서 썼어? 구역질 나니까 제발 가식 없애. 그리고 오늘 날 없애려고 작정을 한 것 같은데 그런 인간에게 술을 대접하는 내 마음도 조금은 이해해 달라고. 아! 미안해요. 말까지 놓기로 한 건 아니죠?"

"뿌득! 그래, 가식 따윈 없애지."

철무한은 난생처음 눈앞이 하얘질 정도로 화가 났다.

눈앞의 준영을 당장에라도 갈가리 찢어 죽여 버리고 싶었다.

하지만 굳이 자신의 손을 더럽힐 필요가 없음을 몇 번이고 중얼거린 후에야 분노에서 벗어날 수 있었다.

'놈! 내가 공격하길 기다리고 있었군. 생각보다 훨씬 위험한 놈이었어.'

유유자적한 준영의 행동에서 철무한은 준영의 의도를 읽을 수 있었다. 상황을 파악하고 나니 한결 마음이 편해졌다. 그래서 이번엔 그가 이죽댔다.

"맞아. 어댑터는 내 작품이지. 하지만 그게 끝이라고 생각하지 마. 명천소프트에 퍼블리싱 된 게임들의 계약도 끝나게 될 테니까."

"뭐, 그 정도야 예상하고 있었죠. 그래서 결혼식 선물로 아예 사용권을 주려고 했는데 필요 없게 됐네요. 싫다는 선물을 굳이 줄 필요는 없으니까."

"......"

준영은 품에서 꺼낸 서류를 철무한의 눈앞에서 흔들다가 갈가리 찢어버렸다.

수천억의 가치가 있는 서류가 눈앞에서 사라져 버렸다.

"한데 한 가지만 물어봅시다. 왜 날 괴롭히는 거죠? 능령 누나와 아무 관계가 없다는 건 당신이 더 잘 알 텐데 말이죠?"

"훗! 내 것이 딴 곳을 보고 있다면 내 것을 없애야 할까? 아님, 보고 있는 곳을 없애야 할까?"

"큭! 그 간단한 질문에 답해야 하나요?"

"너도 당연히 보고 있는 곳을 없애야 한다고 생각할 텐데?"

"땡! 틀렸어요. 난 날 바라보게 할 거요. 그게 안 된다면 놓아주면 될 일. 지금까지 누구에겐가 뺏겨본 적이 없나 보군요?"

"......"

철무한은 정말 가식을 없앴는지 악귀처럼 얼굴을 구겼고 입술을 질겅질겅 물었다. 그러면서도 끝까지 도발에 걸려들지 않는 걸 보면 아주 철없는 인간은 아니었다.

"…더 이상 얘기를 못 하겠군."

철무한은 자리에서 일어났다. 그리고 말을 이었다.

"한 가지만 충고하지. 오늘 일을 후회하게 될 거야. 죽어서도 후회할 거야."

살기를 내뿜는 철무한을 보고 준영도 지금까지와 달리 웃는 표정을 지우고 말했다.

"그건 충고가 아니라 협박이죠. 뭐, 어쨌든 충고라고 했으니 고맙게 받죠. 한데 난 당신의 말보다 내가 더 무서워요. 그러니 날 건들지 말아요."

"충고인가?"

"먼 곳까지 온 손님에 대한 인사 정도로 해두죠."

두 사람은 한 치의 양보도 없이 서로를 노려보았다.

먼저 고개를 돌린 이는 철무한이었다. 앙다문 입과 꽉 움켜진 두 손이 지금 그가 어떤 상태인지를 보여줬다.

"반가운 손님이 아니었으니 멀리 안 나가죠."

준영은 끝까지 빈정댐을 잊지 않았다.

철무한이 나간 뒤 준영의 표정은 급속도로 굳었다.

"도대체 이 욱하는 성격은 어디서 튀어나온 거야?"

준영은 스스로를 책망했다.

냉정한 성격이었는데 언제부터인가 불같은 성격으로 바뀌어 버렸다. 설령 철무한이 먼저 공격했어도 몇 군데 부러뜨리고 말았을 것이다. 호텔엔 철무한의 수하들이 너무 많았고 없앤다고 해도 발뺌하기가 불가능했다.

천천히 대화를 되짚어 보며 이상해진 성격에 대해 생각하던 준영은 문득 철무한의 말 중 한 가지가 또렷이 머릿속에 떠올랐다.

죽어서도 후회할 거야!

"이런, 젠장!"

재빨리 몸을 문 쪽으로 날리려는 순간, 하얀 빛이 눈앞을 뒤덮었다. 얼굴을 감싸고 최대한 바닥에 엎드렸다.

그리고 아무것도 보이지 않은 상태에서 이어지는 엄청난 폭발음.

콰아아아앙!

준영이 있던 방이 화염과 함께 터져 나갔다.

엘리베이터를 타고 내려가던 철무한은 폭발에 살짝 흔들리는 엘리베이터 안에서 잔인한 표정을 지으며 웃고 있었다.

"크하하하핫핫핫핫!"

『개척자』 5권에 계속…

강준현 장편 소설

FUSION FANTASTIC STORY

개척자
Pioneer

『복수의 길』의 강준현 작가가 선보이는
2015년 특급 신작!

글로벌 기업의 총수, 준영.
갑자기 찾아온 몽유병과 알 수 없는 상황들.

"…누구냐, 넌?"
혼돈 속에서 순식간에 바뀐 그의 모든 일상.
조각 같던 몸도, 엄청난 돈도, 뛰어난 머리도 모두, 사라졌다!

스스로도 알 수 없는 낯선 대한민국의 밑바닥부터
다시 시작해야 하는 준영.

"젠장! 그래, 이렇게 산다!
대신 나중에 바꾸자고 하면 절대 안 바꿔!"

그는 과연 이 상황을 극복하고 자신의 운명을
새롭게 개척해 나갈 수 있을 것인가!

Book Publishing CHUNGEORAM

유행이 아닌 자유추구-
WWW. chungeoram.com

글삶 장편 소설
FUSION FANTASTIC STORY

세상을
다가져라

[세상을 다 가져라]

문피아 선호작 베스트 작품 전격 출간!
현대판타지, 그 상상력의 한계를 넘어서다!

권고사직을 당한 지 2년째의 백수 권혁준.

우연히 타게 된 괴상한 발명품으로 인해
과거로 회귀한다!

그런데
과거로 온 혁준의 손에 들려 있는 것은 바로
최신형 스마트폰!

"까짓 세상, 죄다 가져 버리겠다 이거야."

백수였던 혁준의 짜릿한 인생 역전이 시작된다!